# 術

三浦由太
*Yuta Miura*

文芸社

# 巫術――目次

# 巫術（ふじゅつ）

# その前夜

昭和二十（一九四五）年の、暮れも押し詰まった十二月十五日、東京西郊外荻窪にある近衛文麿元総理大臣の私邸「荻外荘」には来客が絶えなかった。近衛元総理は、すでに十二月六日に連合国最高司令官総司令部（ＧＨＱ、進駐軍あるいは総司令部などと通称）から戦犯指定を受けていて、明日は巣鴨の拘置所に出頭しなくてはならないことになっていた。荻外荘は、応接間も食堂も近親者や友人・知人でいっぱいだった。客たちは、あちらこちらで額を寄せ合うようにしてひそひそ話をしていた。

旧制一高で近衛と同級生で親交のあった作家の山本有三は、同じく一高同級生で、近衛のブレーンの一人だった後藤隆之介と二人きりで話がしたいと思ったが、どこも混雑している。仕方なく廊下の突き当たりにある近衛の寝室に行ってみると、近衛はどこかに行っていて、これ幸いと無断で寝室に入って二人で密談した。そこは十二畳ばかりの広さの角部屋で、入り口から見て、左手と奥の壁にカーテンのかかった窓がある。一人用の寝台がひとつ、右手の壁に接して据えられていて、その左にソファと小卓からなる応接セットが置かれていた。寝台の奥の方に枕が置かれ、その近くに電気スタンドがあり、その奥には洋服ダンスがある。応接セットは、二人掛けのソファと一人掛けのソファが、それぞれ小卓をはさんで向かい合わせになるように配置されていた。小卓の天板には麻の葉模様の精巧な寄せ木細工が施されており、洋服ダンスの扉の凝った唐草模様の浮き彫りとともに、貴族の私室にふさわしい高級感を醸し出していた。

「おい、どう思う?」

山本は、寝台を背にする位置の二人掛けのソファに腰かけるなり、煙草に火をつけるのももどかしそうに、後藤に話しかけた。

「どうって、明日の出頭の話か?」

後藤は山本に対座するように腰かけて話に応じた。

「うん、今、医者が来て診察しているようだが、医者が入院の必要があると診断書を出せばなんとか延期できるだろうか?」

「うむ、だが、近衛公は総理を三次にわたって務めているからなあ。支那事変勃発時の総理大臣だし、戦争犯罪を当時までさかのぼって問うことになれば、ちょっとやそっとの病気では不出頭は認められないだろう。それに、入院が必要なら、米軍のほうが日本より医療が進歩しているから、米軍病院で治療するということになるだろう」

「ああ、九月に東条英機が拳銃自決に失敗したあと、米軍で治療したら助かったからな。同じ胸部銃創だというのに、十五年前の浜口雄幸首相襲撃事件では、直後は一命をとりとめたものの、結局一年足らずで死んだからねえ。戦争に負けて以来、日本人は何事もアメリカ崇拝になっちまった感じだが、事実、アメリカの医療は日本より進歩しているようだ」

「浜口さんは、傷から入った黴菌がもとで死んだわけだが、東条はペニシリンのおかげで傷は感染することなくすぐに治ったそうだ」

「それが評判になって、世間じゃ、今やペニシリンが万能薬のようにありがたがられているからなあ」

「それにしても、東条の自決未遂はみっともなかったねえ」

「東条は、例の『生きて虜囚の辱を受けず』の『戦陣訓』を制定したときの陸軍大臣だしね」

「あの戦陣訓の文言に縛られて、捕虜になることも許されず、自決を強制された兵隊が何人いたことか。その戦陣訓を発した当の本人が生きて米軍の虜囚になっちまったんじゃ、自決させられた兵隊の遺族や戦友が怒るのも無理はない」

「東条の自宅には、『お前のために息子は死んだ』、『切腹して国民に詫びろ』、『早く自決しろ』といった投書が毎日のように舞い込んでいたそうだ」

「かつて対米開戦前には、総理大臣になった東条のところには『鬼畜米英を倒せ』、『弱虫東条』と開戦を強要する投書ばかりだったそうだがねえ。負けたとなると、自分たちが望んだ通りに行動した元首相に対する責任追及は厳しいもんだね」

「東条自決未遂の同じ日に、アメリカと開戦したときの参謀総長だった杉山元(すぎやまはじめ)元帥は夫婦ともども立派な最期を遂げたからねえ。どうしたって比べられてしまうよなあ」

「近衛公はどうするだろうか？」

「わからんが、自決するなら東条のようなみっともないことにはならないようにしてほしいもんだ。そして、死ぬのなら、何か心境とか、後世に言い残したいこととか、書き残してほしいもんだが……」

そのとき、突然ドアが開いた。着流しに羽織の和服姿の近衛が入ってきた。自室に入るのにノックをするはずもないが、誰もいないはずなのに、二人が座っているのを見ても、近衛はいっこう驚いた風もなかった。

《話を聞かれたろうか？》

近衛が死んでくれるのを期待するような話をしていた二人は、気まずい表情で顔を見合わせた。

「いやあ、どこも混みあってるんで、ちょっと煙草を喫(す)いに入らせてもらったよ」

山本が照れ隠しのように言い訳した。

「医者は診断書を書いてくれることになったかい？」

後藤が尋ねると、近衛は投げやりな様子で部屋の奥まで歩いてゆき、小卓を挟んで対座している二人には横向きになるように、入り口に対面する位置に座って答えた。

「医者は条虫の駆除やら胸の疾患の治療やらで帝大病院に入院する必要があると診断書を書くと言っているが、僕は病院行きはやめることにしたよ」

「それではどうする？」

「裁判を拒否するつもりだ」

近衛は意外にきっぱりした口調で言った。山本が口ごもるように、

「すると、つまり」

と、近衛の決心を婉曲(えんきょく)に尋ねると、

「自決するか、ということかね？」

そのとき、学生服姿の次男の通隆(みちたか)が部屋の入り口に立っているのに気がついて、近衛は自分の決心を明かさないことにした。近衛は通隆に聞こえるようにはっきりした口調で言った。

「いいや、僕はしないよ」

そのとき、山本も通隆に気づいて、それ以上の追及を中断したが、入り口に背を向けるようにして近衛との話に入れ込んでいた後藤は、通隆に気づかないらしく、話を続けた。

「では、むしろ法廷に出て、堂々と所信を披瀝し、陛下の盾となるのがとるべき態度ではないか」

「自分が罪に問われている主たる理由は、日支事変にあると思うが、事変について責任の所在を追及していけば、政治家としての自分の責任は軽くなり、結局統帥権の問題になる。したがって究極は陛下の責任ということになるので、自分は法廷に立って所信を述べるわけにはいかない」

自決せず、出廷も拒否するとすれば、逃亡するということだろうか？　総理大臣を通算三年も務めた近衛の顔は全国民に知れ渡っている。米兵だって近衛の顔を知らない兵隊はめったにいないだろう。逃亡なんかできるものではない。後藤は、近衛の真意は自決だと察した。そこで、

「東条のような無様なことのないようにしてもらいたい」

と声を励まして言うと、近衛の顔色がさっと青白く変わった。後藤は自分の推測が図星をついたことを確信した。近衛が黙り込んだままなので、後藤はさらに言葉を継いで、

「なんで死んでいくのか、その理由をはっきり書き残しておいてほしい」

と頼んだ。だがこれにも、近衛は返答せず、自分を呼びに来たらしい通隆に応ずるように席を立って出入り口に向かうと、二人を振り返って言った。

「みんな応接間で待っているようだから向こうに行こう」

そこで三人は通隆に導かれるようにして応接間に入った。そこでは自決を話題にすることもできず、ほかの友人たちも交えて、近衛は屈託ない様子でウイスキーを飲みながら雑談した。とても死を覚悟している人のようには見えなかった。

近衛が応接間で客たちと談笑している間に、通隆は近衛の寝室に戻って室内を捜索してみたが、ピストルや毒物らしいものは見当たらなかった。長男の文隆（ふみたか）は、兵隊に取られて、満州と朝鮮の国境に近い図們（ともん）の砲兵隊でソ連軍の捕虜になり、そのまま抑留されて消息不明だった。父が不在となれば近衛家の男子は自分一人になる。まだ学生ではあるが、次男の自分がしっかりしなくてはならないと気を引き締めた。通隆は、音を立てないようにして部屋の中を探しながら、父が自決する気なら、むしろそれを遂げさせてやるほうがいいような気もした。その一方で、なんとか自決は思いとどまらせたいという気もするのだった。自決のための道具は何も見つからなかったので、通隆も応接間に戻って雑談に加わった。

やがて夜も更けて、そろそろ電車もなくなるので来客たちは帰ることになった。

玄関に出るとき、後藤は長いこと近衛の顔をじっと見つめた。二人は旧制一高以来の同級生だった。だが、高校時代の後藤は、本人の努力によらず生まれながらに社会から優遇される華族制度に青年らしい反感を抱いていた。

戦前の日本には、特権階級としての華族制度が存在した。明治になって、幕政時代の身分制は廃止され、職業選択は自由になったものの、旧来の大名や公家は華族として優遇され、一般武士は士族、農工商の庶民は平民となり、実際のところ、身分差別は長く残った。明治十七（一八八四）年には華族令が公布され、華族には公・侯・伯・子・男の五爵の序列がつき、これまでの旧大名・公家に加えて、国家に功労のあった人々も華族に列せられるようになったのである。

それで、後藤は、公爵の近衛とは、毎日同じクラスで顔を合わせても口も利かなかった。親しくなったのは京都帝大入学後のことである。京都では親しい友人もなく近衛が孤独をかこっているから訪ねてやれと一高同級生の共通の友人に言われて、後藤が近衛の下宿を訪ねてみたのである。そのときは留守だったが、後藤が下宿に訪ねてきたと伝言された近衛が、後日自ら後藤の下宿を訪ねて交流が始まり、実際話してみると、華族だからと言って肩ひじ張ることもない近衛の人柄に触れて後藤の華族に対する反感も変化し、若者同士すっかり意気投合する間柄となった。それからでもすでに三十年以上の親交になる。後藤は、これが今生の別れになる予感がして、近衛から目をそらすことができなかった。山本がさりげなく後藤の袖を引いて二人で外に出た。

　近衛は寝支度を整えた。通隆は不安に駆られて、

「今夜は一緒に寝ましょうか」

と声をかけた。近衛は、通隆の心事(しんじ)を察したが、本心は打ち明けなかった。

「僕は人がいると眠れないから、いつもの通り一人で寝かせてくれ」

と言ったが、やはり別れがたい気がして、

「少し話して行ったらどうか」

と誘った。そこで、親子二人で、文麿が寝台を背にする格好で、ソファに対座して水入らずの話をすることになった。通隆は、父から大人の男として話をされるのは初めてのような気がした。

「今夜でしばらくお別れだからね。少し話をしておこう」

　近衛は遠い昔を思い返すような様子で話し出した。

「まあ、日本がこんな状況に立ち至ったことについては、僕も責任は痛感している」

　近衛は深く煙草を吸い込んで、いったん灰皿に置いてから、ゆっくりと煙を吐き出し、右手でちょび髭をなでつけながら、紫煙の行方を眺めるようにして話を続けた。

「初めて総理大臣になって間もなく支那事変が勃発した。連合国側では、日本が昭和の初めの田中義一内閣以来虎視眈々と中国侵略を狙っていて、計画的に支那事変を引き起こしたように考えているようだが、これは僕にとって、まったく突発事態で、なんら計画あって起こしたわけではない。だが、とにかく、日本軍は連戦連勝した。満州事変以来、中国は日本の駐留軍と紛争を起こすたびにたちまち屈服するのが常だった。支那事変のときにも、誰もが中国はすぐに屈服すると高をくくっていた。誰が考えたって、あんなに負けたら降参するのが当然だろう。ところが、蔣介石はどんなに負け続けても、まだ戦争をやる。

　今から思えばあのときだったね。蔣介石の望むような条件で講和すればよかったんだ。だが、勝っている戦争で、負けた相手の条件をのんで講和するなんて、戦勝に浮かれた国民が納得するはずがない。日露戦争のときも、戦争に勝ったのに講和条件が寛大すぎると激昂した市民が日比谷で焼き討ち事件を起こす事態になった。連戦連勝の支那事変をまとめるのに、支那側に有利な条件で講和などできるもんじゃない。それで、ずるずると戦争が長引いてしまった。戦費はかさむ、重税、経済統制、言論統制……、戦時体制が長引くにつれて、国民も次第に戦争に嫌気がさしているのは、政府も感じていた」

　近衛は額に手をやって大きくため息をついた。

「軍部には、まるで共産党みたいに、財閥が私利私欲のために法外な蓄財をしているせいで農民が困窮しているみたいに言う連中もいたが、実際のところ、直接に農民を苦しめたのは、不景気と重税と一家の働き手を兵隊に取られることだ。景気がよくなるには、資本家が儲(もう)かるようになって新規投資の意欲が出てくるようにならなくてはならない。景気刺激に減税は必要だ。減税のためには軍事費を削らなくてはならない。兵隊に取られている農村の働き手を召集解除して農業生産に振り向けるためにも軍縮は必要ということになる。軍備充実と農村救済は両立し得ないんだ。軍人が本当に農村の窮乏化問題を解決しようとするのなら陸軍予算を削減するのが当然だと思うが、彼らにとっては農民の窮乏化云々(うんぬん)は、軍部を抑えつけようとする政財界を攻撃するための口実に過ぎなかった」

通隆が父の苦悩に同情するように大きくうなずいたのを見て、いつまでも子供だとばかり思っていた次男が、いつの間にか社会問題を考えることができるようになっていたのを感じて、近衛は話を続けた。

「日米交渉が最後のチャンスだったね。蔣介石に講和の圧力をかけることのできる仲介者としては、蔣介石に大きな支援を与えていた米国が一番有力だ。僕としては、米国による講和仲介に一切の望みをかけて、日米交渉の成立に全力を尽くしたつもりだ。あのとき、ルーズヴェルト大統領が首脳会談に応じてくれていたらねえ、せめて陸軍が中国からの撤兵に応じてくれていたらねえ……。日本としては、戦費負担で国力の限界に達していたんだ。国を救うには撤兵するしかなかったというのに、撤兵を拒否して米国と戦争するなんてむちゃくちゃな話だ。どうして陸軍は負けるに決まっている戦争をあんなにやりたがったのか？　陸軍は軍事上のことは機密と称して総理大臣の僕にも漏らさなかったから軍事作戦の見込みも僕にはわからなかったが、米軍との戦争となれば海軍の戦いになる。その海軍が自信がないと言っているのに、陸軍はいったいどうしてあんなに強気でいられたのか？　陛下が戦争をやれと仰せなら仕方がないが、陛下も戦争に反対しておられる。それをどんなに話しても陸軍にはわからない。実に馬鹿げたことだった」

近衛はどうしても米国に妥協しようとしなかった陸軍に腹を立てるような口調で話したが、話を中断して、自嘲するようにふっと笑いを漏らした。それからもう一度煙草を深く吸い込んで気持ちを切り替えるようにして言った。

「まあ、今さら愚痴(ぐち)を言っても仕方ない。とにかく僕は交渉を妥結させられなかった。そのことに関しては、陛下と国民に対して責任を痛感する。戦死した兵隊の遺族や、戦災で家財を失った国民から訴えられたのであれば、全財産を没収され爵位を返上するとしてもやむを得ないかもしれない。

そう言えば、僕が、三国同盟と日ソ中立条約を成立させて日独伊ソの提携でアメリカに圧力を加えるという松岡外相の構想を推進しようとしていたころ、連合艦隊司令長官だった山(やま)

本五十六大将、いや、まだそのころは中将だったかもしれないが、山本長官は『ソヴィエトと不可侵条約を結んでも、ソヴィエトなどというものはあてになるもんじゃない。アメリカと戦争しているうちに、その条約を守って後ろから出てこない、ということをどうして誰が保証するか。結局自分は、もうこうなった以上、最善を尽くして奮闘する。そうして長門（当時の連合艦隊旗艦）の艦上で討ち死にするだろう。その間に、東京あたりは三度ぐらい丸焼けにされて、非常にみじめな目に遭うだろう。そうして、結果において近衛だのなんかが気の毒だけれども、国民から八つ裂きにされるようなことになりゃあせんか』と言ったそうだ。実際、ソ連は日ソ中立条約を踏みにじって参戦したし、東京は百回以上も空襲された。

ドイツだって、三国同盟の条約には、政治的現状を変更しないと定めてあるのに、三国同盟より一年前に結ばれていた独ソ不可侵条約を踏みにじって、わが国には何の通告もなくソ連に侵攻した。実は、この条約には、日ソ国交調整を仲介するという秘密の見返りも協定されていた。日独ソの連携が成立すれば、日本はソ連からの脅威を受けずに済むから満州の兵力を支那事変解決に振り向けることができるし、アメリカの経済封鎖を受けても独ソから物資を入手可能となるはずだった。ところがドイツは日本を同盟に引き込む方便として日ソ間仲介の秘密協定を結んだものの、実際には何一つ日ソ国交調整の仲介などしなかったばかりか、独ソ戦の開始で日独交通を遮断してしまうこともためらわなかったんだ。独ソ開戦したあとになってみれば、三国同盟は、シベリア鉄道を通じての日独交通でアメリカによる経済封鎖の効果を無力化するどころか、日本が枢軸側につくという旗幟を鮮明にしただけであり、ソ連をいやおうなく英米側に追い込むことによって、英米ソによる日本包囲網を強化しただけだ。

三国同盟と日ソ中立条約については、陛下は側近に何度か、ドイツやソ連を信用していいものかと懸念を漏らされたそうだ。

そうだ、あれは、閣議で三国同盟締結が承認されて、僕が上奏したときのことだ。陛下はしみじみとした口調で『今しばらく独ソの関係を見極めたうえで締結しても、遅くないではないか』と仰せられた。僕はドイツを信頼してよろしかるべしと奉答したが、それから一年もたたないうちにドイツはソ連に侵攻した。陛下のご思慮深いことには、今さらながら敬服せざるを得ない。あのとき聖慮を奉じて同盟締結を思いとどまっていればねえ。軽率にドイツと同盟を結んでしまったことについては、お詫びの申し上げようもない。

あてにしてはいけないドイツやソ連をあてにしてしまった僕は、日本の国民からは八つ裂きにされても仕方がない。だが、なぜ連合国側に裁かれなければならないのか。僕が日米戦争を避けるために努力したのは紛れもない事実だ」

近衛は、まだ何か言い足りない気もしたが、ちょっと腕時計に目をやって、煙草を灰皿でもみ消して、話を切り上げることにした。

「大東亜戦争開戦後、日米交渉の経過や三国同盟などについて手記を書き残しておいたから、自分としては言うべきことはこれらの中で言い尽くしたつもりだ。僕が不在中、何か困ったことがあったら、内閣書記官長として僕の手足となって働いてくれた富田健治さんに相談するといい。あと、財産のことは、僕の内閣で商工大臣を務めてくれた阪急電鉄の小林一三さんに相談するように」

父が「しばらくお別れ」と言ったのは、明日巣鴨に出頭することを指しているのだろうが、拘置所内でも家族の面会はできるのに、こまごました指示まで言い残すのはどうしてだろうか？　通隆の内心を不吉な思いが波立たせた。万一のことを思って通隆が、

「何か書いておいてください」

と言うと、近衛は紙と筆を持ってくるよう言った。通隆が鉛筆とありあわせの長い紙を切って出したら、「もっといい紙はないか」と言うので、近衛家の用箋を捜して出すと、通隆に言い置いたような内容を走り書きして差し出した。

「文章を練ったわけではないから、お前だけで持っていてくれ」

と言い添えた。通隆は書き置きを持って父の寝室を出た。すでに午前二時を回っていた。

## 予言

近衛は一人になってソファに腰かけて静かに物思いにふけった。

《誰もが僕が死んでくれることを願っているようだ。若いころから親しくしていた山本や後藤まで、自決が未遂に終わったりしないように、などと話しているのを立ち聞きしてしまったが、親友とか言ったって、そんなもんなんだ。いや、息子の通隆だけは僕の自殺を防ごうとずいぶん部屋の中を探し回ったようだ。毒薬を家族に見つかるような場所に隠しておくわけがないだろう。ああ、文隆がいてくれたらなあ。文隆がいてくれたら、安心して近衛家の行く末を託せるというもんだが、文隆はどうしているだろうか？　せめて長年秘書をしてくれた久松君がいてくれたらなあ。そう言えば久松君と初めて会ったのは上海でのことだったなあ》

近衛の想念は、片時も忘れたことがない、上海でのある思い出に飛んだ。

それは約二十年前、大正十五（一九二六）年の十月のことだった。満三十五歳の誕生日を迎えたばかりの近衛は、東亜同文書院の院長となった機会に上海を訪れたのだ。東亜とは東亜細亜の略である。西欧列強が東アジアを植民地化するべく機会を狙っているという危機意識から、アジア諸民族が連帯して西欧列強による植民地化を防ごうという運動がおこり、その思想を「アジア主義」と呼んだ。文麿の父篤麿が中心になって日中提携を目的とするアジア主義の政治団体を設立する際に、日本と支那は漢字という同じ文字を使っているところから、「東亜同文会」という名称にした。東亜同文書院は、その東亜同文会を母体として開設された専門学校である。上海西郊に校舎があり、校門の黒い大理石に刻まれた「東亜同文書院」の文字は篤麿の筆になる。日中提携に尽力する人材を養成するために、日中両国から優秀な学生を受け入れて、日本人学生には支那語を教え、支那人学生には日本語を教えた。儒教を道徳教育の基礎として、簿記など実用的な教育にも力を入れていた。

近衛は、その院長に推戴されたので、書院の視察、並びに在上海の主だった日本人と交流するために上海を訪問したのだ。船が到着したときには、上海総領事をはじめとする盛大な出迎えを受けた。その翌日から同文書院に行って職員から話を聞いたり、訓示や視察を精力的にこなした。昼食は応接室で摂り、午後は上海観光に出る予定だった。

昼食後のくつろいだ雰囲気の応接室では、日本から一緒に来た、長年近衛家に仕えている家扶(かふ)の横田が、窓を左手にして一人掛けのソファに背筋を伸ばして腰かけていた。近衛は、窓を背にして三人掛けのソファに一人でゆったりと腰かけ、お茶を載せた小卓をはさんで、入り口に背を向ける格好で接伴役の西田教授と事務局総務部長の矢代が対座していた。西田は支那語の教授である。近衛は西田教授に話しかけた。

「どうでしょうね？　午後に上海を観光するといっても、ありきたりの観光よりも、現地に詳しい人ならでは、というところを見て回りたいものですが、先生、ご案内いただけませんか」

「ああ、残念ながら、午後にも担当の授業がありましてね」

西田は顎に手をやって少し考えてから言った。

「そうです。公爵の案内人なら、学生に一人うってつけなのがいますよ。私は支那語の教授と言っても、北京語はできますが、上海語はさっぱりなんです。支那語の方言というのは、外国語みたいなもので、北京語と上海語は全然違いますからね。支那で文章教育がとくに重視されたのは、言語が全然違う広大な支那で、皇帝の命令を徹底するために、発音は違っても文章を見れば意味が通じるように、という面もあったんでしょうね。日本人でも漢文をしっかりやれば、支那人と筆談はできますからね。

その学生は小さいころから上海育ちでしてね。上海語もペラペラです。久松直輝(ひさまつなおてる)と言いまして、伯爵家の跡取りです。なんでも老伯爵の妾腹にできた子供で、世間体を気にして、生まれるとすぐ、母子ともども上海に移住させられたのだそうで……。もちろんお妾さんへの手当はあって、それなりに裕福に暮らしていたようですが、伯爵家からはほとんど連絡もないような状況だったようです。ところが、伯爵の正室のご令息が何年か前に亡くなって、そのご令息には子供がいなかったので、急遽日本に呼ばれて、跡取りに立てられたのだそうです。そういう事情もあってか、やや斜に構えたようなところのある男でしてね。中学を出たら上海で暮らしたいとごねたのだそうで……、伯爵家でも持て余したのでしょう。当校の寄宿舎で規律を身につけさせたいというお話がありまして、お引き受けした次第でして」

「ほう、久松伯爵なら面識もある。父の篤麿と一緒に東亜同文会を立ち上げた発起人の一人だった方だ。その関係で、お妾さんに人目を避けさせるのに上海を選んだのかもしれない。息子を本校に入れたのも、本人の希望というばかりでなく、若いころから日中両国の親善協力を目指していた志を息子に引き継いでほしいという気持ちもあったのかもしれないね。父の篤麿は四十そこそこで死んでしまったが、伯爵は父より年長で、確か今七十歳ぐらいのはずだ。数年前に会ったときには矍鑠としたご様子だった。しばらく前にご令息が亡くなって、継嗣変更したという噂は聞いたが、てっきりどこか親戚からでも養子を迎えたものと思っていた。それが、そういうこととはねえ。その跡取りが、ここの学生ということは、五十過ぎにできた子供というわけかね。ぜひ案内役をお願いしたいものだ」

近衛は、ゴシップに興味を惹かれたような表情で、大いに乗り気を示した。

「頭のほうは非常に優秀な学生でしてね、一高、東大だって十分狙えたと思いますが、本人は母親の住んでいる上海に戻りたい一心だったようです。伯爵家にいた間は素行に問題があったようですが、当校では寄宿舎暮らしと言っても、日曜の外出日には母親のところに遊びに行けますし、非常に落ち着いて勉学に励んでおります」

そこでさっそく久松直輝が呼ばれた。小使いが教室に来て新院長の近衛公爵がお呼びだと言うので、直輝は昼休み中のところを応接室に向かった。ドアをノックして「久松、参りました」と一声かけると、内側から西田教授の「どうぞお入りなさい」という声がした。直輝はぶっきらぼうな様子で入ってきた。ドアを閉めてそのまま突っ立っている。同文書院の日本人学生は大陸浪人風にバンカラを気取る学生が多いが、直輝はこざっぱりとした学生服姿だった。近衛の身長は六尺（約一八〇センチ）近く、当時の日本人の間では目立って長身であったが、直輝はその近衛よりも長身で、しかも近衛がやせてひょろ長いノッポという感じなのに、直輝のほうは学生服を通してがっしりした体格がうかがえた。新院長の前に出ても臆するような風は少しもなく、不敵な面構えのままに室内の大人たちと視線を合わせないようにまっすぐ窓の方を向いて傲然（ごうぜん）と突っ立っている。

ドアを背にしてソファに腰かけていた西田教授が振り向いて言った。

「彼が久松君です。久松君、院長閣下だ。ご挨拶しなさい」

「久松直輝と申します。本日は拝謁（はいえつ）の栄を賜りましてまことに光栄に存じます」

言い方はぶっきらぼうだが、直輝は少し前に進み出て近衛に向かって深々とお辞儀をした。

その様子に近衛は噴き出した。

「ワハハ、まるで小学生が学芸会の台本を棒読みしているみたいだね。かた苦しい挨拶は抜きにしよう。どうだろう、上海を案内してほしいんだが」

「自分が閣下のご案内をするのですか？　自分はただの学生ですし、午後も授業があるのですが……」

「授業のことは心配しなくていい。君は、支那語は北京語も上海語も教師よりうまいだろう。僕の授業のときだって、授業はそっちのけで難解な漢籍を机に広げて読みふけってるじゃないか。僕が公欠の手続きをしておく。今日は天気もいいし、退屈な授業を受けるより、たまに上海をぶらぶら歩くのも、気晴らしになるだろう」

西田教授が口をはさむと、近衛が続けた。

「無論、謝礼も弾むつもりだよ」

「自分は、金に困っていることはありません」

むっとした様子で直輝が言い返すと、

「いやいや、これは失敬。では、新任院長に対する一在校生の好意として、案内役を引き受けていただけないだろうか」

近衛が言い直した。

「院長閣下からたっての依頼とあれば是非もありません。お引き受けいたします」

やはり口調はぶっきらぼうのまま、直輝はていねいなお辞儀をして案内役を引き受けることにした。

「それはありがとう。では、西田先生、校門に人力車をもう一台呼んでください」

人力車は、北京では洋車(ヤンチョ)と呼ばれるが、上海では黄包車(ワンポーツ)と呼ばれる。移動手段としては、上海でもすでに人力車よりもタクシーのほうが普及していたが、東京ではすっかり見かけなくなった人力車を使いたいという近衛の申し出で、人力車を準備してあったのだ。だが、直輝は、

「学生に人力車は分不相応です。自分一人が公欠で外出するのも気恥ずかしいのに、校内の友人たちに人力車に乗るところを見られては、帰ってから何を言われるか……。自分は車夫に負けないぐらいは走れますから、人力車は要りません」

と断った。

「ハハハ、そう言われれば、若いころは僕も、公爵閣下としてあつかわれるのが、学友たちの手前気恥ずかしかったもんだ。僕の父が死んだのは僕が学習院中等科のころで、まだ中学生だというのに公爵の爵位を継がなくてはならないことになったんでねえ。では、君は院長の命令で嫌々ながら上海市内を駆けずり回された格好がつくように人力車について走ってきてもらうことにしよう」

「では、どこに行きましょうか。定番の観光となると、支那風の庭園なら豫園（明、清代の庭園）、異国情趣を味わうなら租界あたりというところですが……」

「そうだねえ。宿が租界内のマジェスティック・ホテルだからね。租界観光はいつでもできる。豫園も、ありきたりの観光ではなく、上海育ちの君が案内したいようなところはないかい？」

「そういうご希望でしたら、豫園の周辺はごみごみした下町風の商店街になっております。骨董市や屋台も立ち並んでおりますから、その辺を冷やかして歩くだけでも午後いっぱいはつぶせると思います」

こうして校門前で在校生と職員総出の見送りを受けて、一行は豫園に向かった。人力車は、初老の横田を先頭に、近衛、矢代総務部長の順に並んで、快晴の秋空の下を快適に疾駆した。運動靴を履いた直輝は、走るのが商売の人力車夫に遅れずに数キロの道程を走り通した。

一通り庭園巡りをし、茶館で支那茶を喫し、近衛は愉快な午後を過ごした。日本だと、近衛は華族界のホープとして新聞や雑誌に顔写真が掲載されたりするので、お忍びのつもりで出歩いても人だかりができたりして閉口するが、さすがに上海では顔が知られていない。普通の日本人観光客としてなんの気兼ねもなく歩けるのが楽しかった。骨董市では、端渓の硯に目を止めた。店の主人はこれがいかに掘り出し物かということを熱心に説明して売りつけようとする。

「閣下、この辺の骨董はたいがい紛い物です。冷やかしだけで通り過ぎたほうがいいでしょう」

直輝は店主の長広舌の説明をいちいち通訳せずに、そう言った。

「いや、僕は硯についてはけっこう目の利くほうだ。これは端渓の硯に間違いない。それに装飾として施された雲と竜の彫刻がなかなかいい。私は人から揮毫を依頼されることも多い。とくに気持ちを込めて書かなくてはならない揮毫の時は、このぐらいの硯で墨を磨れば、集中力も高まりそうな気がする」

「そうですか。ここらには盗品も出されているという噂ですし、本当に掘り出し物ということもあるかもしれません。でも、買いたいそぶりを見せないほうが買い叩けるというものです」

そのまま店を出ようとすると店主はにやりと笑って直輝を引き留めた。

「通訳の学生さん、旦那さんはこいつに目を止めたんでしょう？　こいつの価値がわかる人は相当な通人だ。買わずに日本に帰ったらあとで後悔するよ。私がそう言っていると通訳してくださいよ。私だって、価値のわかる人に買ってほしい。ただの冷やかしなら百元と吹っかけてお引き取りいただくところだが、本当に買う気のある目利きの方に掛け値はしない。五十元でどうです？　旦那さんなら妥当な値段だとわかるはずです」

「公爵、買わずに帰国したら後悔するとか言って、五十元で売ってもいい、と言っています」

「ううむ、でもそんなに現金を持ってきてないからなあ。ここで五十元使ったら、ほかの店を見て回る楽しみもなくなる。三十元なら即決で支払うと言ってくれ」

それで三十元で商談が成立した。重い硯は直輝が持ち運ぶことになった。

その後は近衛が気を引かれるような骨董品には巡り合わなかったが、骨董市を歩き回るうちに夕暮れ近くになった。そろそろ宿泊先のマジェスティック・ホテルに帰ろうと歩いていたときだ。一行を呼び止める者がいた。やせた小男の側彎症の支那人だった。しかもひどい斜視である。直輝が遠ざけようとしたが、近衛はなんとなく興味がわいて、直輝に話を聞かせた。

「公爵、ただの物乞いですね」

そのせむしの支那人としばらく支那語でやりとした直輝は、近衛を振り向いて、この一言で片づけようとした。

「ただの物乞いにしてはなにやらずいぶん話があったようじゃないか。いったい何を言っていたのかね」

「占いをさせてくれというのです。この先で老婆が占いをしていて、今日の夕方ちょび髭を生やした身分の高そうな男がここを通りかかるから、きっと連れてこいと言いつけたのだそうで……」

「へえ、するとその老婆は、僕がここを通りかかるのを予知していたというわけかね？」

「でまかせに決まってますよ。カモになりそうな相手が通りかかったら、誰にでもそう言うのでしょう」

「でも、おもしろそうじゃないか。行ってみようよ」

近衛は、直輝が止めるのも聞かず、スタスタと小路の奥に向かって歩き出した。

その老婆の占いの館は袋小路の一番奥のすすけたような古い支那家屋の一階にあった。昔は朱塗りだったらしいが柱の塗りはほとんどはげてしまっている。せむしの小男は一行の先に立ってちょこまかと歩いて木製のドアにたどりついた。懸命に愛想笑いをしているつもりらしいが、ほとんど泣き顔のようにしか見えない顔を振り向けて、ギィーッと不気味な音をきしませてドアを開けた。近衛は一瞬躊躇したが、導かれるままに室内に足を踏み入れた。三階建ての支那家屋の並びが小路をはさんでそびえ立っているために日が射しにくくなっている街路も薄暗かったが、窓のない室内に入ると、わずかなろうそくの明かりが室内を照らしているだけである。何か香を焚きこめているらしく、麝香のような甘い重苦しいようなにおいがした。いかにも子供向けの絵本に出てくる魔女のような雰囲気をただよわせた老婆が、水晶玉を前にして店の奥の机の後ろに腰かけていた。白髪を後ろで結ってかんざしで留めているが、いったいいつ髪を梳いたものか、ずいぶんほつれている。背中がすっかり丸く曲がって、しわだらけの顔を小さな赤いクッションの上に置かれた水晶玉にくっつけんばかりにかがみこんでいる。目が見えないのか、単にまぶたがたれ下がっているだけなのか、その目は閉じられているように見えた。満州族の服装である旗袍という、ゆったりした服を着ている。体全体を覆うガウンのような服に太い袖がついていて、前身頃を右肩のところで留め具で留めて身に着けている。もとは高級な布地でできていたようだが、老婆の全身から受ける印象と同様に、すっかり古ぼけてしまっている。

「フォッ、フォッ、フォ、今日おいでになるのはあらかじめわかっておりました」

老婆は、このあたりの商人が話す上海語ではなく、北京語で話した。

「公爵が来るのはわかっていたと言っています。北京語、それもきちんとした標準語、完璧な北京官話（ペキンかんわ）です」

　直輝が近衛の耳元に口を寄せて通訳すると、老婆はそれに気づいたように言った。

「この言葉かえ？　フォッ、フォッ、フォ、もとはわしは北京の宮中の巫術師（ふじゅつし）じゃったのじゃ。満州族には昔から精霊と交流する能力のある者がおってな、巫術師とか巫女（みこ）とか呼ばれてきた。そのもたらす神託を尊重することによって満州族は中国全土を支配するほどの力を得てきたのじゃ。わしは、紫禁城で代々巫術師を引き継いでいる老婆から巫術の手ほどきを受けた。

　巫術師は女性の仕事と決まっていたが、男子禁制の紫禁城の後宮暮らしでは跡継ぎが生まれるはずがない。巫術師は自分で卦（け）を立てて、跡継ぎを探すのじゃ。ある日、先代の巫術師は、今日自分の跡継ぎが生まれたと感じたと言い出した。山のふもとに丈高い白楊（はくよう）が三本生えていて、そのすぐ近くのみすぼらしい農家に生まれた赤ん坊こそ次の宮中巫術師になる娘だというのじゃ。何組かに分かれて北京を出発した使者たちは、巫術師が告げた不確かな景色の場所を求めて、広大な中国を一年以上もかけて捜し歩いた。ようやくそれらしい農家が見つかると、その家で娘の誕生日を尋ねる。わしの誕生日は、まさにその巫術師が占いをした当日だったそうな。それで使者は、小さな娘の好みそうなおもちゃを三つ、娘の前に並べた。ようやく歩き始めたばかりのわしは、人形と髪飾りには目もくれず、迷わず小さな玉璧（ぎょくへき）を手に取った。それは宮中の巫術師の愛蔵の玉璧じゃった。それでわしは間違いなく跡継ぎと認定され、金で買われて宮中に連れてこられたのじゃ。それからずっと長い年月をわしは宮中で過ごした。

　そして、今から三十年近くも前のこと。皇帝陛下から内密にお召しがあり、これから民間の一平民に会おうと思うがどうか、とご下問があったのじゃ。その平民は官途（かんと）に就いてはいないが、すぐれた献策をするというので有名だということじゃった。わしが卦を立てると、恐るべき卦が出た。わしは会わぬほうがよいと奉答した。だが、皇帝は、会えばどうなるのか、と重ねて尋ねた。それは答えられませぬ、と言ったが、皇帝は言わねば斬首だと脅した。やむなく、わしは、もしその平民と会うならば、皇帝は親に殺され、清朝は滅びるでしょうと奉答した。ああ、言わねばよかった。殺されても言ってはならなかったのじゃ。先代が教えてくれたことの中で、とくに絶対に守らなければならない禁忌とされたのは、皇室にとって不吉な卦が出たときには、それを告げてはならない、という教えがあった。じゃが、わしはその禁を破ったのじゃ。斬首の恐怖もあったが、わしには皇帝に自分の才能をひけらかしたい気持ちがあった。そうじゃ、わしは自分の傲慢（ごうまん）さに負けて禁を破ったのじゃ。

皇帝は激怒したが、言えば斬首しないという約束は守られて、わしは宮中から追放された。それから流れ流れて、ここで占いで口を糊しているというわけじゃ」

　直輝がその話を通訳すると、近衛は驚き入って、

「それじゃ、この老婆は、明治三十一（一八九八）年の康有為の戊戌変法のときに、その占いをしたというわけか。明治三十一年は、今から二十八年前、まあ三十年ぐらい前と言ってもいい。それにしても、この婆さん、いくつなんだろう？　三十年前にすでに老婆だった雰囲気だがねえ。確かに康有為の献策による戊戌変法で変法派の光緒帝と守旧派の西太后の対立は決定的となり、皇帝は監禁されて、結局戊戌変法は挫折する。世に言う戊戌政変だ。その後、西太后と光緒帝は明治四十一年のほとんど同じ日に死んだ。西太后が死に瀕するや、戊戌政変以来幽閉していた光緒帝を片づけたというのが通説になっている。光緒帝は西太后の妹が産んだ子供だから、正確には親ではなくて伯母だが、光緒帝は、先代の同治帝に子供がなかったので、その跡を継いだわけだから、同治帝の生母西太后は義理の親みたいなもんだ。そして、清朝が滅んだのも、光緒帝が早逝した混乱が一因とも言える。ほとんどズバリ的中じゃないか」

　と言った。

「公爵、ずいぶんお詳しいんですね」

今度は直輝が驚き入った。

「君、東亜同文書院の学生なら、そのぐらい教わってないのかい？　僕は同文書院の院長なんだぜ。知ってて当然だろう」

近衛は茶目っ気たっぷりに言った。

「閣下、当校では、もちろん東洋史と国史は必修でございます。とくに明治維新後の日中関係の歴史の教育には力を入れております。でも、久松君はただいま二年生でございまして、日中近代史は三年生の後半の課程になっておりますので……」

矢代総務部長が言い訳をした。

「ハハ、僕の父は日中提携に尽力した近衛篤麿だからね。戊戌政変で変法派が弾圧されて康有為が日本に亡命したときには、うちにかくまったこともある。そのころ僕はほんの子供だったが、康有為に会ったことは覚えている。学生時代にもその辺の歴史はずいぶん勉強したもんだ。だから、そのあたりの支那の歴史には詳しいんだ」

と種明かしした。

後ろに控えていた横田が、

「光緒帝が、老婆の忠告を聞いて、西太后存命の間、あるいは康有為が官途に就いて皇帝に正式に拝謁できる地位に昇進するまで、自重していれば、穏やかに改革を進めて、清朝も立憲君主政体に移行することができていたかもしれないということになるでしょうか」

と口をはさんだ。

客たちが日本語でやりとりしている間、だまって水晶玉に額をつけんばかりにかがみこんでいた老婆は、少し話が途切れたときに、近衛に水晶玉の前の粗末な木製の椅子に腰かけるよう手まねで指し示した。そして近衛が腰を下ろすと不思議なことが起こった。

近衛の頭の中に声が響いた。それは日本語だったが、声は老婆の声だった。どこから声がしているのか、近衛はあたりを見回そうとしたが、金縛りにあったように体が動かなかった。視線を水晶玉からそらすことさえできなかった。

「おお、おお！　呪(のろ)われし星のもとに生まれし男(お)の子(こ)よ。汝(なんじ)、生まれ落ちしときに母を殺(あや)めたり。そして、ああ、ああ、恐るべし！　汝、ゆめゆめ総理大臣の望みを抱いてはならぬ。汝、総理となれば、おのが息子を殺し、祖国を滅ぼすべし。ゆめ、疑(うたご)うことなかれ」

話が終わると、近衛は急に体が動かせるようになった。頭が割れるように痛かった。近衛は、うめき声を上げて、汗びっしょりになって立ち上がった。

「公爵、どうなさいました？」

横田がよろめく近衛の体を支えて、胸のポケットから取り出したハンカチで近衛の額を拭(ぬぐ)った。

「えっ、君たちには何も聞こえなかったのか？」

周囲にいた者には、単に近衛が水晶玉の前の椅子に腰かけて、少しの間身じろぎもせずに水晶玉を見つめたあと、すぐ立ち上がっただけにしか見えなかった。その短時間の間、ゆらめくろうそくの光が近衛と老婆の顔を照らしていただけで、何の物音もしなかった。ドアの外の人通りのざわめきすら急に静かになって、完璧な静寂につつまれたのが不思議と言えば不思議なぐらいだった。

「帰ろう、なんだか気分が悪くなった。ホテルで休もう」

真っ青になった近衛は外に出ようとした。直輝が料金を尋ねると、老婆は、今回はこちらが無理に来てもらったのだから見料は要らぬと答えた。それでも横田が些少の心づけを渡そうとしたのも押し返した。一行は、よろめく近衛を支えて外に出て、ごったがえす夕暮れの豫園商場から、人力車の待っている大通りまで歩いた。占いの館を出てしばらくすると近衛の気分もよくなり、一人でしっかりした足取りで歩けるようになった。供の者たちが、占いの老婆との間に何があったのか尋ねても、近衛は何も答えず、無言のまま人力車に乗り込んだ。直輝はここで一行と別れて書院の寄宿舎に戻り、矢代部長が硯を抱えてホテルまで送り届けることになった。

横田と矢代が最上階の近衛の部屋までつき従ったが、近衛は部屋の前で硯を受け取って二人を引き取らせ、一人で自室に入った。ホテルの部屋では、文麿の母貞子（ともこ）と妻の千代子が談笑していた。文麿が同文書院で日程をこなしていた間、二人は領事館員の妻子による歓迎会に出席するなど、婦人側の日程をこなして、近衛より早く部屋に戻っていたのだ。近衛が黙り込んだまま室内に入ってきたのを見て、千代子夫人は立ち上がって出迎えた。

「お帰りなさいませ。旦那様、どうなさいました？　ご気分がすぐれないのですか？」

「うむ、ちょっとね」

「お顔の色が真っ青です。よほどお加減が悪いのですか？　歓迎会を欠席できないか、横田と相談して参りましょうか？」

「ああ、いや、歓迎会はほんの二時間後だ。出席予定の在留邦人は結構遠方から泊りがけで来ている人もいるらしいから、欠席しては申し訳ない。出るよ。だが、ちょっと休ませてくれ。出かける三十分前に起こしてくれ」

言うなり、近衛はネクタイを緩めただけで洋服を着たまま寝台に長々と横になった。目はつぶったが眠れなかった。

《あの老婆の予言は本当だろうか？　今の母の貞子は父の後妻、つまり僕の継母（ままはは）だ。実母衍子（さわこ）は僕の出産で産褥熱（さんじょくねつ）を起こして産後間もなく死んだ。それで、母の実家、金沢藩侯だった前田家から母の妹の貞子を後妻に迎えたのだ。僕はずいぶん大きくなるまで継母の貞子を実母だと思い込んでいた。実母だと思っていた貞子が本当は叔母で継母だと知ったときには、その事実もショックだったが、母が僕を産んだせいで死んだことはもっとショックだった。大人たちが本当のことを僕に告げなかったことで、僕は大人の言うことが信じられなくなった。小さいころ快活な子供だった僕は、それ以来いつも物思いに沈んでいるような暗い少年になった。

だから、僕が生まれ落ちたときに母親を殺したというのは、まあ的中と言えば言える。だが、公爵近衛篤麿の夫人の死はその当時新聞でも報道されたはずだから、あの老婆もどこかで知ることは不可能ではなかっただろう。僕が上海に来るのを知って、芝居を仕組もうと思えばやってやれないことはない。だが、何のためにそんな手のこんだことをするのか？　金を受け取らなかったんだから、金目当てではない。僕が総理大臣になるだって？　世間では、華族のホープとか、元老西園寺公望公爵の秘蔵っ子などとおだてて、僕に政治家として手腕を発揮するのを期待しているようだが、すでに政党政治の時代だ。西園寺公が壮年の時代なら、華族が総理大臣になって、いずれ元老として政界に重きをなすこともできたかもしれないが、数年前に貴族院の清浦圭吾子爵が組閣の大命を受けて、全閣僚を貴族院から出したら、これに反発して護憲運動の大波が起こって、結局総辞職に追い込まれたぐらいだからな。これからは政党政治家でなくては総理にはなれないだろう。だいたい、僕はそんな責任の地位に就く柄じゃない。責任を負わない立場で、自由な言論によって、これからの日本を少しでもよくしていくように微力を尽くすのが望みだ。誰か総理大臣の椅子を狙っているような奴が、ライバルを一人蹴落とそうというつもりでこんなことを仕組んだんだとすれば、よけいな心配というものだ。

では、本当にあの老婆は自分の予知能力をひけらかしたいだけのために僕にそんな警告をしたのだろうか？　僕が、母親を殺しただけでなく、今度は息子を殺して祖国を滅ぼすだって？　そんな馬鹿なこと……。

だが、とにかくあの声だ。どうしてあんなはっきりした声が僕にしか聞こえなかったんだろう？　それにあの日本語、まったく訛りのない日本語だった。声は確かに老婆の声だったというのに……》

近衛の想念は千々に乱れた。そして、少し眠りそうになると、「総理となれば、おのが息子を殺し、祖国を滅ぼすべし」という不気味な老婆の声が頭の中で繰り返し鳴り響いた。

その後、近衛は上海での一週間ばかりの日程をなんとかこなして帰国した。

帰国後、硯を鑑定してもらったら、清朝初期の端渓硯に似せてつくられた非常に精巧な紛い物だということだった。硯自体は非常にいいものだから、実用に問題はないが、骨董的な価値はないので、十元ぐらいが相場だろうということだった。

占いの老婆についても、同文書院の事務局に連絡して調べてもらった。しばらくして届いた調査結果は以下のようなものだった。老婆は十年以上前からあそこで店を出しており、占いが当たることで大金持ちの間では評判で、客が遠方からも来訪するほどだったが、見料が高いので庶民が寄り付くことはなかった。ところが、近衛に不吉な予言をした日を最後に、夜逃げでもしたように消えてしまった。上海に店を構える前にどこで何をしていたかも不明、店を閉じてどこに行ったかも不明だった。少なくとも清朝の初期にはお抱えの巫術師がいたことは確かで、古い文献には外征の際に巫術師の意見を徴した記録がある。だが、そういう非科学的な風習は清朝晩期にはすたれてしまったようで、同治帝以後の文献には見当たらない。たとえ清朝末期にお抱え巫術師が存在したとしても、その姓名も現在の居所も皆目不明とのことだった。

その年の十二月二十五日、大正天皇が崩御して、元号は昭和と変わった。昭和元年はほんの一週間ばかりで終わり、昭和二年となった。そのさらに翌年の昭和三年、久松直輝は東亜同文書院を優秀な成績で卒業しようとしていた。

直輝は、日本の商社の上海駐在事務所に就職が内定していた。ところが、冬休みが明けて学校に行くと、突然西田教授に呼ばれた。

教授室にノックをして入っていくと、窓を背にして机の向こうの椅子に腰かけていた西田教授は、机の前の椅子に腰かけるよう直輝に勧めた。

「久松君、僕が学生の就職斡旋を担当していることは君も知っているね。本校の学生は皆優秀で、大陸に進出している日本企業からは引っ張りだこだし、外務省や満鉄（南満州鉄道）などで活躍している卒業生も大勢いる。就職斡旋担当なんて、やることがないようなもんだが、急な仕事が舞い込んでね。実は、近衛院長閣下から、君をとくに指名して、秘書になってほしいと依頼が来たのだ」

「えっ、でも自分はすでに内定先があります」

「知っているよ。だが、院長閣下直々（じきじき）の依頼なんだ。ほかに内定しているから断りますと、あっさり言うわけにもいかんじゃないか。一昨年大正天皇が崩御あらせられて、今上陛下（きんじょうへいか）（現天皇のこと。この時点では昭和天皇のこと）の即位の大典が秋に京都で行なわれる予定なのは、君も知っているね」

直輝がうなずくのを見て、西田教授は話を続けた。

「その即位の大典に近衛公爵が大礼使長官になったんだ。それで東京と京都の間を飛び回らなくてはならないことになり、事務的な作業も増えて、秘書を一人増やすことにしたんだそうだ」

「では、秋のご即位大典が済むまでの一時的な秘書ということですか？」

「いや、公爵のお話では、非常に君が気に入ったということでね。ぜひ、長く仕えてほしいということだった」

直輝が不服そうな表情をすると、西田教授は言葉を継いだ。

「君もいずれは伯爵家を継ぐ身だ。公爵としては、君のような若者が、いずれ貴族院議員となって祖国の将来のために尽力してくれることを期待しているということだった」

「貴族院議員？」

「うむ。貴族院の本来の存在意義は、衆議院のような政党の権力争いから離れて、公正慎重な態度で審議を尽くすところにある。ところが、今の貴族院は、衆議院通過の法案にケチをつけることが自分たちの権威を示すことになると勘違いでもしているかのように、とにかくなんでもかんでも文句をつけて、頑迷固陋（がんめいころう）な保守勢力の牙城（がじょう）となっている感がある。こうした現状を変えるには君のような硬骨漢に貴族院議員になってほしいということでね」

「はあ」

直輝にとっては、自分がいずれ伯爵になるということも現実感がなかったが、貴族院議員になるなどとは考えたこともなかった。直輝の困惑した表情を見据えて西田教授は言った。

「君、ノーブレス・オブリージュということを知っているかね？」

「はい。先生が教えてくださったではないですか。『高貴なる者の義務』とか訳されますが、社会的に地位の高い者、経済的に裕福な者は社会に果たすべき義務もまた重い、という意味ですね?」

「ハハハ、君、僕の授業なんかさっぱり聞いていないように見えたが、少しは聞いていたんだね。そういうことだ。君も卒業すれば社会人だ。社会人には社会の中での義務を果たす責任がある。まして伯爵となれば、自分の感情のままに生きることは許されない。君もそういう自覚を持たなくてはいけない年齢だ。公爵は、君を自分の鞄持ちとして、政治家としての修業を積ませたいというお気持ちなのだ。それと、これはかえって君の反発を招くような気もして、黙っておこうかとも思ったのだが、やはり言っておこう。君のご父君、久松老伯爵も、そうお望みなのだ」

「そうですか。でも男子一生の仕事にかかわる決断ですので、しばらく考えさせていただいていいですか」

「いいとも、卒業まではまだしばらく時間がある。よく考えて決めなさい」

その晩、直輝は母の菊子に相談した。千代菊という名の新橋芸者だったが、伯爵に落籍かされて囲われ者になったときに本名の菊子に戻ったのである。直輝を産んだ時は二十歳そこそこだった。だからまだ四十を少し過ぎたばかりで、赤いチャイナドレスに身を包んだ容姿は売れっ子芸者だった当時の色香を十分にとどめていた。

「母さんはそういうことはよくわからないよ」

「僕、伯爵になんかなりたくないよ。上海で勤めれば、母さんと暮らせる。これから精一杯親孝行するつもりだったんだ」

「でも、お前がここまで大きくなれたのは伯爵様の援助があったからなんだよ。それに、母さんに孝行するというなら、母さんの楽しみは、お前が立派になってくれることなんだ。お前がお国のために力を尽くして、立身出世してくれれば、それが一番の親孝行と思っておくれ」

「母さんも日本で暮らせればいいのになあ」

「奥様がご健在なんだ。そんなわけにはいかないさ。お前が生まれた時にも大変な目に遭った。母さんは上海で暮らしたほうが気楽だよ。近衛公爵は同文書院の院長なんだし、なんかの連絡で上海に来るときはきっと立ち寄っておくれ」

明治の日本人にとって、お国のために尽くすことと立身出世は国民共通の価値観だった。明治生まれの母と子は、別れて暮らすことを承知せざるを得なかった。

直輝は、卒業後渡日して、近衛邸住み込みの秘書となった。

## 大命降下

近衛の回想は、初めての大命降下のときに飛んだ。

《そうだ、あれは二・二六事件のあとのことだ。僕に組閣の大命が下ったのだ》

当時、総理大臣の選び方は、国会で多数の支持を受けた人物が首相になるという現行の制度とはずいぶん異なっていた。総理大臣は、天皇が指名することになっていたが、天皇が直接指名するのではなく、元老に首相適任者を下問して、元老が奏薦（そうせん）する人物に組閣の大命が降下するという仕組みになっていた。元老とは、憲法上の規定はないが、維新の元勲や総理大臣経験者から選ばれて、内閣首班選任や内外重要政策に関して天皇に助言する役目を果たした長老政治家のことである。当初は伊藤博文（いとうひろぶみ）、山県有朋（やまがたありとも）ら七人であったが、のちに桂太郎（かつらたろう）、西園寺公望（さいおんじきんもち）らが加わった。だが、大正中期以後、元老の拡充は行なわれず、大正十一（一九二二）年に山県が死に、大正十三年に松方正義（まつかたまさよし）が死んだあとは、西園寺公望がただ一人の元老となって単独で首班指名にあたっていた。

第二次護憲運動の高まりで、大正十三年に護憲三派（憲政会・政友会・革新倶楽部）連立で加藤高明内閣が成立して以後、憲政会（のち民政党）と政友会が交互に政権を担当する「政党内閣」時代が、昭和七（一九三二）年の五・一五事件で犬養毅内閣が倒れるまで続いた。この時期にも、「組閣の大命」は元老の指名によっていたのである。

日本の政治体制は、「大正デモクラシー」運動によって、藩閥官僚政治から政党政治へと発展したかに見えたものの、藩閥官僚政治の腐敗と横暴を克服するために登場したはずの政党政治も、腐敗と横暴が目に余るようになるまで、たいして時間はかからなかった。政権を担当した政党領袖は、自分を「親分」として仕えてくれた「子分」に分け前を与えるための利権争いを激化させた。なにがなんでも政権にありつかなくては利権分配の権限もないことになるので、なりふり構わず倒閣運動をした。対立政党が政権を掌握している間は、国家全体の利益からすれば必要な政策に対しても、倒閣に利用できるなら、なんでも反対して議場を混乱させた。ときには言葉尻をとらえて議事進行を妨害し、議会内で乱闘を演じさえした。議会内での乱闘は、戦後も長く続く日本の議会政治の伝統になっているのはよく知られている通りである。国民の困窮をよそに言葉尻の問題で、議会で乱闘を演ずるようでは、国民の間に議会政治への不信が強まるのも無理はない。

五・一五事件で犬養内閣が倒されて「政党内閣」時代は終焉を迎えたのだが、その裁判で、テロリストの青年将校らの「憂国の志」が報道されると、国民の同情は青年たちに集まった。政党の腐敗はそれほどに国民の憤激を呼んでいたのである。

そんなわけで、これからは政党政治家でなければ首相にはなれないという、大正十五年当時の近衛の予想は外れて、犬養内閣が倒れて以後、薩長藩閥ではないとしても、軍人や官僚出身者による内閣が続いていたのである。

ところが政党による利権争い、財閥との癒着や醜い政権争いなどを解消して国民の信頼を取り戻さなくてならないはずの、それ以後の内閣も政局を安定させることはできなかった。軍部が政府の統制に従おうとせず、政局の不安定要因となったからである。

昭和六（一九三一）年九月に満州事変が起きた。これが軍部独走の始まりとなる。軍部の独走を抑えきれずに若槻礼次郎（わかつきれいじろう）内閣は倒れた。そのあとに成立したのが「最後の政党内閣」犬養内閣である。日本きっての中国通であり、中国革命の領袖孫文（そんぶん）とも親しかった犬養首相は、中国の満州に対する主権を認めたうえで、満州に親日政権を樹立する方向で南京の国民政府と交渉しようとこころみた。五・一五事件は、こうした「軟弱姿勢」を示す犬養首相に対する反発が一因とも言える。以後歴代内閣は軍部の統制に苦しみ、軍部統制を強めようとする勢力を吹き飛ばそうとする爆発として、昭和十一年に二・二六事件が起きたのである。

二・二六事件後の後継首相の選考は難航した。

昭和十一年は閏年で、二月は二十九日まであった。二月二十六日に決起した反乱軍は二十九日まで帝都の中心部を占領し続けたが、二十九日のうちに全部隊が帰順し、三月になる前に事件は終息した。八十六歳の西園寺は、事件の余燼もおさまらぬ三月二日の朝、東京駅に着いたらすぐに参内するつもりでフロックコートを着用して、静岡県興津の私邸「坐漁荘」を出た。興津から特急「富士」に乗車し、午後三時二十五分東京着、宮内省で小憩し、陛下のご都合をうかがって直ちに拝謁し、後継内閣首班についてご下問を受けた。

二・二六事件がなければ、西園寺は次の総理には陸軍退役大将で軍部統制に手腕を発揮できると期待された宇垣一成を奏薦するつもりだった。しかし、宇垣大将は大正後期に行なわれた軍縮で有名で、二・二六事件は軍縮・親英米派に対する反発から起こった事件と言うべきものだったから、ここで宇垣を推すのは刺激的すぎた。それでも、西園寺は事件を起こした青年将校たちにつながる軍内派閥の皇道派系の人物を推すつもりもなかった。右翼を抑えるには右翼とつながりのある枢密院副議長の平沼騏一郎がいいという声もあったが、西園寺は、国本社という右翼組織を主宰し、何かと言うと天皇大権論を振り回し天皇を政治的に利用しようとする平沼を嫌っていた。「ファッショは不可なり」と西園寺はしばしば述べているが、それは平沼を排撃する言葉であり、それはまた天皇の強い意向でもあった。

迷った末、西園寺は貴族院議長をしていた近衛文麿公爵を奏薦したのである。三月四日のことである。

お召しを受けて、フロックコートに身を包んだ近衛は、久松直輝に車を運転させて宮城（皇居）に向かった。

久松老伯爵の正妻は昭和四（一九二九）年に死んだ。一年間の服喪期間が明けると、老伯爵は今まで菊子に肩身の狭い思いをさせたお詫びだと言って、芸者上がりの菊子を正妻に迎えた。これで晴れて直輝は両親と一緒に暮らせるようになり、伯爵邸に住んで、通いで近衛の秘書兼運転手としての職務をこなすようになった。昭和七年に老伯爵が逝去し、直輝が襲爵して正式に伯爵家を継いだ。翌昭和八年に直輝は近衛の媒酌で男爵家の令嬢を妻に迎え、昭和十一年の今は、満二十八歳で一児の父となっていた。すでに近衛に仕えるようになって八年が経過していた。

「なんとか辞退する方法はないもんだろうかねえ」

しばらく車を走らせる間、黙り込んで窓外に目をやっていた近衛は、独り言みたいにぽつんと言った。

二・二六事件後に成立する内閣には粛軍の大ナタを振るうことが期待されていた。国民世論上も、軍の横暴に対する反感は強くなっていた。そのことは、事件直前の二月二十日に行なわれた第十九回総選挙で、親軍的な政友会が大敗して民政党が議席を伸ばしたことにも現れていた。五・一五事件と異なって、二・二六事件に対しては、国民の反応は冷淡だった。一介の隊付将校らが約千四百名もの兵を率いて大臣・高官を殺傷し、四日間も政治の中枢地区を占領したことに国民は衝撃を受けた。連れ出された入営間もない新兵の父兄が、青年将校たちに抱いた怒りも激しかった。まかり間違えば、自分たちの子弟が「反乱兵」として鎮圧部隊に射殺されたかもしれないのである。将校が、不法行為に兵を道連れにしたことに対する世間の風当たりは強かった。青年将校に同情の声はなく、かえって首相らの護衛にあたっていて殉職した警官たちの遺族に見舞金が殺到した。世間では、近衛は皇道派に近しいので、ここで組閣すれば二・二六事件連座の皇道派粛清をさせられる羽目になるのを嫌がっていると噂していた。

確かに近衛は皇道派につながるような人物としばしば面談した。だが、別段積極的に支持している様子はなかった。ただ、近衛はどのような相手にも、相手の話にはっきり反対ということは言わなかった。それで、面談相手が近衛公も自分の意見に賛成だなどということを世間に吹聴するもので、世間の誤解を招くことが多かった。ひどいのになると、毎朝庭掃除を無料奉仕でやらせてほしいというので、そのぐらいならと許したら、自分は毎朝近衛邸の庭掃除をしていて、近衛公と親しく口が利ける、なにか近衛公に伝えたいなら話を聞こうとか言って、高額の手数料をせしめていた奴もいた。実際には近衛公と顔を合わせたこともないのに、勝手なことを「近衛公の返事」として伝えるのである。

　直輝は、庭掃除だけでもそういう波紋が起きるから、面談相手はもう少し制限したほうがいいと幾度か進言したが、近衛は世間の意見を広く知るのが大事だと言って、来る者は拒まずの態度を取り続けた。

　それと、これは直輝としては非常におかしいと思うのだが、近衛は、社会に対立が生まれるのは一種の社会悪の結果とも言い得るのであって、その対立の根本の原因をそのままにして暴発する相手を処分するだけではいけないというような考えを持っていた。そのうえ、お公家(くげ)さんとして長い歴史のある近衛家ならでは、というところかもしれないが、対立する二つの勢力の双方に自分を頼らせるように仕向けるのがうまかった。公家は源平時代からそのようにして自己の権威を保ってきたのだろう。そして、対立する双方を仲直りさせるために力を尽くすのが自分の役目と考えている節(ふし)があった。

　青年将校には青年将校なりの「正義」はあるだろうが、それを言論を戦わせて達成しようとするのでなく、武力クーデターに訴えるようでは、国家は激しい動乱に見舞われることになる。議会制度は社会対立を暴力的抗争に立ち至らせないために考え出された制度であり、人間社会で対立抗争を根絶することが不可能である以上、対立は議会での論戦のみに制限するのが立憲国家のあり方である。社会悪を取り除こうという動機が青年らしい純情に発するものとしても、非合法なことは許さないというのが、上に立つ者の立場でなくてはならないはずである。もちろん、自分の大切な人を殺された遺族の身になって考えれば、殺人犯を軽処分で済ましたのでは、「仲直り」などするはずがないし、不法行為を目こぼしすること自体、「社会悪」そのものであろう。

二・二六事件のような大事件ともなれば、近衛にしても、関係者の処分をためらうことはないはずと直輝は感じていた。実は、近衛は上海の老婆の予言が気になって大命を拝辞したかったのだが、そんなこととは知らない直輝は、近衛が拝辞したいというのは、自分の気持ちとしてやりたくないことを立場上やらなくてはならない責任を負うのが嫌なのかもしれないぐらいに考えていた。

バックミラーに映る近衛の苦悩の表情を眺めて、直輝は深く同情したが、当時の道徳観では大命拝辞は不忠極まりないことである。辞退するうまい方法などあるはずもない。直輝としても返事のしようもなく、「さあ……」と口ごもるしかなかった。

車を宮城の御車寄せに停めて、直輝は随行者のための待機所で待つことにし、近衛が一人で参内した。

近衛が緊張して拝謁したところ、陛下から「是非とも」という言葉まで添えられて「卿に内閣組織を命ず」というお言葉が下った。近衛が深々とお辞儀をして、陛下のお言葉を受けたそのときだ。突然近衛の頭の中に老婆の声が響いた。

「**汝、総理となれば、おのが息子を殺し、祖国を滅ぼすべし〰っ**」

頭の中で百雷が鳴り響いたかと思われるような轟きわたる大音声だった。だが、陛下にはなにも聞こえなかったらしく、近衛が体を起こすと、玉座に端座したまま、眼鏡のレンズをきらりと光らせて、身じろぎもせずに近衛を見据えているばかりだった。

頭が割れそうに痛かった。近衛は真っ青になり、汗びっしょりとなってよろめきながら御前から退出した。

控えの間には、学生時代からの友人の、西園寺公爵の秘書をしている原田熊雄男爵と、内大臣府秘書官長の木戸幸一侯爵が控えていた。彼らも、近衛の顔色が悪いのを見て、かかえるようにして手近のソファに腰かけさせ、コップに水を注いでくれたり、ネクタイを緩めさせたり、なにくれとなく介抱してくれた。

少し落ち着いてから、近衛は組閣の大命が下ったことを二人に伝えた。

「だめだ。僕が総理大臣なんて、とても務まらないよ。陛下から『是非とも』と頼まれただけで、足が震えて腰が砕けそうだ。困った。もう一遍西園寺さんに会いたい。なんとか拝辞できないだろうか」

そこで、二人にかかえられるばかりにして、宮内省で待機していた西園寺のところに行った。さすがに西園寺も、近衛の真っ青な顔色に同情し、健康を第一の理由として断るというのを「やむを得まい」と承諾した。そこで、多少顔色が回復してから、近衛は再び拝謁し、

「時局重大の折から、文麿の健康はとても大任を果たす自信がございませんから、はなはだ恐懼に堪えませんが、拝辞いたします」

と奉答した。

直輝の待つ待機所に現れたときにはしっかりした足取りで歩くことができるようになっていたが、直輝は近衛の様子がただならないのに気づいた。

「閣下、どうなさいました？」

「うむ、なんだか頭が痛い。なんとか大命を拝辞してきたよ」

「私がそのようなご様子の閣下を拝見したのは、初対面のあの日、上海でのときだけです。いったい何があったのですか？」

「ああ、君はあの日のことも知っているんだったなあ。よし、あとは車の中で話そう」

近衛は、大儀そうに車に乗り込むと、後部座席にがっくりと身を沈めた。車が発進して宮城を出てしばらくしてから近衛は話し始めた。

「これは、誰にも話したことがない。だが、君だけには打ち明けておこう。君も、誰にも、たとえ家族にでも話さぬよう頼む」

近衛は、エンジン音に妨げられないよう後部座席から運転席に身を乗り出すようにして、直輝の耳に口を近寄せて話し始めた。

「はい」

直輝は緊張して近衛の話に耳を傾けた。

「君たちには聞こえなかったようだが、あの日、老婆の予言は、僕にだけは聞こえたのだ」

「えっ、閣下は支那語、おできになるのですか?」

「いや、声はあの老婆の声だったが、まったく訛りのない日本語だった。僕の頭の中に直接声が響いてきたんだ」

「不思議なこともあるものですね。それで何と言われたのですか?」

「うむ、それが、僕が総理大臣になったら、僕は息子を殺し、日本を滅ぼすことになるだろう、と言うのだ」

「閣下、まさかそんなたわごとを信じて大命を拝辞なさったのでは……」

「それがあれ一回だけなら、僕だってそんなに気にも留めなかったろう。上海で『予言』を聞いたあと、しばらくの間、僕は、ときどきなんの前触れもなく、この空耳がするのに悩まされた。何かの本で、幻聴は気がふれた人に聞こえることが多いということを読んだことがある。僕は、自分が発狂してしまうのだろうかと恐れた。人からきちがい扱いされるのが怖くて、幻聴のことは誰にも相談できず、僕は孤独に悩み続けた。だが、幻聴は次第に間遠くなり、ここ数年は全く聞こえなくなり、いつしか僕もあの日のことを忘れかけていた。ところが、まさに組閣の大命が下ったそのときに再び同じ幻聴が聞こえたのだ。頭が割れそうに痛くなり、みんなこれでは引き受けられないとわかってくれたので拝辞できたのだ」

「そうだったんですか。ふーむ、実に不思議なお話ですね」

この日の話は直輝の胸に深い印象を刻み、その後幾度も思い起こすことになった。

かくして西園寺は近衛内閣を断念し、結局、昭和八年以来外務大臣を務めていた広田弘毅(ひろたこうき)が組閣することになった。しかし、その組閣は期待はずれだった。確かに二・二六事件の関係者には厳しい処分が下され、軍人が組織を離れて行動することはなくなった。そのかわり陸軍は組織ぐるみで重圧をかけるようになってきた。これに対して広田内閣は抵抗しようとしなかったのである。広田首相が内心でどう思っていようと、広田内閣がやったことは、ほとんど軍部の言いなりといっていい。

とくに、軍部大臣現役武官制の復活が軍部の発言力を決定的に強めた。軍部がその復活を要求した表面上の理由は、二・二六事件で予備役に回された将官が、陸軍大臣になって復権するようなことがあっては、粛軍の意義が薄れるというものであったが、本音は陸相辞任をほのめかすことで内閣を牛耳るところにあったのは明らかだった。軍部大臣現役武官制は、一度大正二（一九一三）年、山本権兵衛内閣のときに、その少し前の上原勇作陸相の単独辞任による西園寺内閣の倒閣を反省して廃止されたものだった。広田内閣はこの軍部の復活要求を、さしたる抵抗もなく受け容れた。軍部大臣現役武官制が廃止されたあとも、実際上一度も予備役・後備役の将官が陸・海軍大臣に起用されたことはなかったし、まして満州事変以後きなくさいことばかり相次いでいる時期に、予備役・後備役の将官を起用することはありえないとでも思って、このぐらいの譲歩は大したことではないと考えたのかもしれない。しかし、わずか一年でこの変更は重大な意味をもつことになった。

翌昭和十二（一九三七）年一月二十三日、広田内閣が総辞職したあと、次の首相を誰にするか、元老・西園寺は悩んだ。そして、ついに最後の切り札として、宇垣一成大将を奏薦することにしたのである。宇垣大将は、昭和十一年八月に朝鮮総督を退任したあと、伊豆長岡で「悠々自適」の暮らしをしていたが、一月二十四日夜、侍従長から、天皇はどんなに夜遅くても待っているから至急上京されたいとの「お召し」の電話を受けて、直ちに上京した。二十五日午前二時前、宇垣大将は参内して組閣の大命を受けた。これに対し、陸軍側は陸軍大臣引き受け拒否に出た。めぼしい陸相候補の将官に陸相就任拒否の根回しをして宇垣大将の工作を封じたのである。宇垣大将は、後任陸相を出すよう天皇大権の発動を願い出ることも考えたが、内大臣湯浅倉平（ゆあさくらへい）が天皇にそこまでの無理を強いてはいけないと取り次ぎを拒否したので後任陸相を得ることができなかった。軍部大臣現役制がなかったら、宇垣大将は予備役大将であるから、どうしても現役軍人を陸相にすることができなければ、自分が総理と陸相を兼ねることでとりあえず組閣はできる。ところが、前年広田内閣で、軍部大臣現役制が決定されていた。宇垣内閣は、軍部大臣現役制の最初で最有効の適用例となって流産した。

次いで大命降下した林銑十郎（はやしせんじゅうろう）陸軍大将は、なんとか組閣に成功したが、五月末までの短命に終わった。

その日、五月三十一日、近衛は埼玉県朝霞のゴルフ場でゴルフをしていた。どうも内閣の退陣が近いようだというような噂話をして帰宅したところ、林内閣はすでに総辞職していた。その夜、使いが来て、西園寺が近衛を奏薦する意向であることを伝えた。近衛は依然、健康を理由にして固辞したが、陛下の大命を二度も拝辞するということは、当時の日本では「不忠」きわまりないことと考えられていた。どうしても断り切れなかった。

六月一日、近衛は、再びお召しにより久松直輝の運転する車に乗って参内した。

「閣下、今度は引き受けるしかないですね」

直輝が同情するように言うと、近衛は両手で頭を抱えて、

「ああ、二度目だからね。今度も拝辞なんてできやしないよ」

とつぶやくように言った。

近衛は屠場にひかれる牛のような足取りで宮中に入って行ったが、出てくるときは晴れ晴れした表情だった。車に乗り込むなり、直輝に言った。

「いやあ、今度も例の予言が聞こえるかとハラハラしたが、何もなかったよ」

「それはなによりでした」

「まあ、二・二六事件直後とは全然事情も違うしねえ。今なら、誰が総理大臣になったって日本を滅ぼすようなことはないだろう。あんなつまらぬ予言をこわがるほうがどうかしていたよ」

かくして、六月四日、第一次近衛内閣が成立した。

近衛文麿は明治二十四（一八九一）年十月十二日に近衛篤麿（このえあつまろ）の長男として生まれた。つま

り、昭和十二（一九三七）年六月のこの時点では満四十五歳で、日本史上最年少の総理大臣、伊藤博文の四十四歳に次ぐ、二番目の若さの首相である。近衛家は五摂家（藤原北家から分かれ、摂政・関白を出すことができた、公家で最高位の家格の五家）の筆頭で、その祖先は大化の改新で有名な藤原鎌足にまでさかのぼる。神話の時代にまでさかのぼれば、天孫降臨の際に第一の側近として従った天児屋根命が始祖とされている。まずは皇族に次ぐ名門と言っていい。近衛が組閣したときは、圧倒的な人気であった。二・二六事件以後陸軍による国政への干渉に不安を感じている国民は、若き名門の近衛公爵ならば国民の総意を汲んで陸軍の独断専行を抑えてくれそうだと期待したのである。だが、陸軍は近衛の人気を利用して陸軍の欲するところを実現すべく近衛の組閣に協力したのだった。

## 山雨欲来風満楼

組閣早々の昭和十二（一九三七）年六月八日朝、久松直輝は近衛の新しい住まいとなった首相官邸に出勤した。すると、近衛が、折り入って頼みがあるとのことで、人払いをしたうえで直輝を執務室に呼んだ。

「久松君、新内閣の外交課題としては、日支国交調整が大きな問題であることは君も知っているね」

「はい」

何を今さらという気持ちを表情に表して直輝が答えると、近衛は話を続けた。

「満州事変で、支那側の世論は反日一辺倒になってしまったんだが、なにしろ日本軍が圧勝してしまったんでね、両軍の武力に圧倒的な差があることが広く認識されて支那側の態度も変わった。満州事変開始の翌々年にあたる昭和八年五月に天津近傍の港町塘沽（タンクー）で停戦協定が結ばれて、満州事変はひとまず収拾された。その後、日中関係は比較的静穏な時期に入った。

ところが、支那側が親日姿勢を取っている間、その弱腰につけこむように陸軍は北支五省（河北、山東、山西、察哈爾、綏遠）分治独立を目指すような姿勢を示した。国民政府の親日屈服外交に対して、一般支那国民は反発を強め、抗日破壊活動が相次ぐようになった。だが、抗日事件が起こるたびに、それを口実として日本の駐屯軍は支那側を武力で脅迫して、いっそうの譲歩を獲得した。それでも国民政府は隠忍姿勢を取り続け、国民の憤激はいっそう高まった。昨年、昭和十一年には、四川省成都で日本人記者二人が支那民衆に惨殺されたり、漢口で日本総領事館勤務の巡査が白昼殺害されたり、といった事件が相次いだことは君も知っての通りだ。昨年九月十五日の第一次会談に始まって、川越茂大使と張群外交部長（日本の外務大臣にあたる）との間には、十二月二日の第八次まで会談が繰り返されたが、根本的な国交調整については成果なく終わった。それで、近衛内閣としても、この課題に本腰を入れなくてはならないと考えているわけだ」

「はあ、私もそのあたりの事情は知っていますが、まず、軍部の北支分治工作をやめさせなくては国交調整なんて無理でしょう」

「それがねえ、陸軍でも、三月に石原莞爾少将が参謀本部第一部長になって、ずいぶん姿勢が変わったんだ。参謀本部の第一部は、作戦立案を主務とする部局でね、ソ満国境のソ連軍の増強ぶりがただならない状況になっているので、支那側と事を構えるなどもってのほかという考えになったんだよ」

「そうだったんですか。それならなんとかなるかもしれません」

「それは短命に終わった前内閣の佐藤尚武（さとうなおたけ）外相から十分に引き継ぎを受けたところでね、四月には外務・陸・海・大蔵の四相間で、例の悪名高い冀東（きとう）政権も解消していいというところまで合意にこぎつけたと報告を受けている」

冀東政権というのは、近衛の話に出てきた塘沽（タンクー）停戦協定で非武装地帯と設定された河北省東部に成立した日本の傀儡（かいらい）政権のことである。中国では河北省のことを別名「冀」とも言うので、冀東とは河北省東部を指す。この「自治政府」では、関税を正規の四分の一としたうえ、査験料（さけんりょう）をはらえば禁制品の輸入も認めることにした。支那側関税率は、昭和五（一九三〇）年五月六日の日華関税協定調印による関税自主権回復以降急速に上昇した。調印前の昭和四年には八・五パーセントだった平均税率が、昭和十年には三倍強の二七・二パーセントに上昇している。こうした高関税率が、日本製品の輸出に打撃を与え、日中関係の悪化をもたらすことにもなり、密輸業者に暴利をもたらすことにもなっていた。だから、日本側に言わせれば、冀東自治政府の関税引き下げは「税率適正化」だったとも言えよう。だが、このため日本の商品は「自治政府」を通じて支那市場に大量に流入し、支那政府の関税収入は大幅に減じ、その財政を圧迫しただけでなく、支那の国内工業に大打撃を与えた。またこの地域は、アヘンやモルヒネ、ヘロインといった麻薬の製造販売の基地ともなり、それは軍や満州帝国の情報活動や機密費の大きな資金調達源ともなっていた。

「冀東政府はほとんど密輸基地と化していますからねえ。冀東政府を通じての密貿易では、上海などの、正規の関税を払って貿易している日本の商社まで打撃をこうむっているぐらいです。密貿易が法外な利益を生むのも、国民政府が日本を狙い撃ちにしたような高率関税をかけているからとも言えますが、冀東政府解消を条件とすれば、高率関税も緩和されることも期待できる。これを解消すれば、密貿易の利益を機密費に流用している陸軍は損をするかもしれませんが、日本全体にとっても譲歩どころか、利益になるでしょう」

「うむ、そう言ってくれてうれしいよ。ところが、北平（ペイピン）（現北京。当時の中華民国側の呼称）あたりで変な噂が流れているという話なんだ」

「どんな噂ですか？」

「北平で日中両軍の衝突が間近いと言うんだ」

「えっ、また現地軍の謀略ですか？」

「うむ。それがはっきりしないから現地調査が必要というわけだ。石原少将は、現在は対ソ戦備を整えるために国力充実を図らなくてはいけない時期だと考えている。こんな時期に、広大な支那を相手に戦争を始めるわけにはいかない。石原少将は、噂が本当ならば謀略をくいとめなくてはならないし、デマだとすれば、デマが広がるのを封じなくてはならないと決意した。そこで、北平に部下を派遣して調査することにしたんだ」

　ここまで話したところで、近衛は次の間に控えていた軍人を呼び入れた。三十代半ばのがっちりした体格の軍人が入ってきた。

「参謀本部作戦課員井川熊夫です。入ります」

「井川大尉だ。こっちは僕の秘書の久松直輝伯爵だ」

　近衛は二人をそれぞれ紹介した。

「石原少将は以前から君のことを知っていてね。今回の井川大尉の派遣は、単に支那駐屯軍に謀略計画の事実があるかどうかを探るためだけでなく、支那側の民情を探るためでもある。それで、支那語ができて秘密を守れる者として、君に一緒に来てほしいということなんだ。僕としても、君を通じて参謀本部とつながりができるのは政権運営に都合がいいし、支那の実情を探るのに、君以上の適任はないと考えてね。そこで君を呼んだわけだ」

「はあ、つまり、井川大尉と一緒に支那の実情調査に行けということですね」

「うむ、その通りだ」

「知っての通り、私にも妻子がありまして、少しお時間をいただければ……」

「そうも言っていられないんだ。その噂では、日中両軍の衝突は七夕（たなばた）の夜に起きるという話なんだ」

「ずいぶん具体的な噂ですね。七夕は七月七日、つまりあと約一ヶ月というわけですか」

「まあ、どの程度真実味のある噂か知らないが、捨てても置けないだろう。明日にも出発してもらわなければならない」

「そういうことでしたら、今夜の夜行で出発します」


直輝は帰宅するなり、妻の花子に急な用事で支那に出張しなくてはならなくなったと告げた。花子は仔細を聞こうとしたが、すべて総理大臣の密命で押し通して、あわただしく荷造りをして神戸行きの夜行に乗った。井川大尉も、丸刈りで背広姿というのも変ではあるが、本人は目立たぬようにしたつもりで、私服で同乗した。直輝は、首相秘書官というと現地の軍人たちから警戒されそうなので、通訳の民間人ということに申し合わせた。

神戸で船に乗り換えて、天津に着いたのは六月十一日の朝だった。直輝たちは日本租界に宿を取り、井川大尉は宿に荷物を置くと、単身でさっそく支那駐屯軍*司令部に顔を出した。

*支那駐屯軍：居留民保護などを目的として中国に駐屯していた日本陸軍。一九〇〇年の義和団事件の翌年に結ばれた北京議定書により、列強諸国とともに交通の要衝への駐屯権が認められていた。天津に司令部があったので天津軍とも呼ばれた。

司令官の田代晥一郎中将に到着の挨拶をしようとすると、病気で不在だという。参謀長の長井大佐に到着の申告をした。

「貴官が井川大尉か、参謀本部から現地視察に作戦課員をよこすという連絡は受けている。昨年、関東軍が内蒙古の独立を画策して綏遠事件を起こして以来、現地の反日運動は勢いづいたが、われわれは管内の治安確保には確信をもって任じている。参謀本部には、ご心配には及ばぬと報告してほしいものだが、まあ、私の話だけ聞いて帰るというわけにもいかないだろう。貴官の調査には極力協力するよう部下にも話は通じてある。存分に視察して行ってくれ」

参謀部には陸軍士官学校で同期だった山下大尉がいる。まず、山下大尉から話を聞くことにした。

「いやあ、よく来たな。天津についたら観光もしないですぐ司令部に顔を出すとはねえ。さすが出世コースに乗る人材は違うねえ。それにしても井川が参謀本部勤務とは驚き入ったね」

山下大尉は、同期の気安さで相好を崩して井川大尉を迎えた。

「ハハ、お前も元気そうで何よりだ。田代中将がご病気とは聞いていたが、欠勤なさるほどお悪いとは知らなかったよ」

「うん。なんでも心臓弁膜症だそうでね。ずいぶん悪いらしい。見舞い客も断っているぐらいだ」

「そうか、軍司令官がそういうときに、何事も起こってくれなければいいが……」

「今度の視察というのは、何事か起こりそうだというので来たというわけかい？」

「うん、去年の五月に支那駐屯軍の兵力を約三倍に増強した。それから約一年ということで、まあ定期の視察でもあるわけだが、現地にきなくさい噂があるというのでね」

「どうせ、大陸浪人あたりからの噂だろう。大陸浪人なんて、現地の紛争が飯の種だから自分で事をおこしたくて、そんな噂を広めるのさ」

　そこで、山下大尉は真顔になって話を転じた。

「確かに反日運動は勢いづいている。もともと、うちの軍が増強されたのは、関東軍が北支の方にちょっかいを出してくるのを抑えるのが一つの目的だ」

「ああ、天津軍の司令官のポストは、去年までは少将だったのに、中将にして、親補職*としたのも、関東軍が天津軍を下に見て、天津軍を無視して北支で謀略を進めようという傾向があったから、それを改めさせるためでもあった」

「ところが、そんな事情は支那人にはわからない。表面に現れたのは、天津軍の兵力が約三倍になったということだ。支那側から見れば、日本が北支にまで侵略の手を進めようとする

準備だということになる
「関東軍の野心を抑えるための兵の増派が、支那側の危機意識を高める結果になったわけだな」

「そういうことだ。とくに、増派部隊が北平郊外の豊台に駐屯したのが、京漢線を遮断して北平を孤立させる意図だという誤解を呼び、支那の国民感情を刺激した」

「もう少し北平から離れたところに駐屯すればよかったじゃないか」

「うん、何千という兵隊が住むんだ。そんなにおいそれと好適な兵舎が見つかるわけじゃない。豊台にはもとイギリスの駐屯軍が使っていた兵舎があってね、都合がよかったのさ」

「そうか、なかなか思い通りにはいかないもんだな」

「それで、支那軍とうちの豊台の部隊との間に、去年の九月十八日、つまり柳条溝事件（満州事変勃発の引き金となった柳条湖事件のこと。当時はこう呼ばれていた）の記念日だな、その日に小競合いをおこしたり、といったことも起きた」

「事が大きくならずによかったな」

「その通りだ。武器を持った非友好的な部隊同士が近所で暮らしているというのは、上に立つものとしては頭の痛いところだ。そのうえ、十一月には綏遠事件だ」

「例の、内蒙古の分離独立工作だな」

「うむ、北支処理は天津軍の担当として、関東軍は北支から手を引くように中央から厳命されたもんで、内蒙工作しかやることがなくなったわけだ。ところが、関東軍がかつぎ出した内蒙古軍は匪賊紛い(ひぞくまが)の雑兵(ぞうひょう)でね、傅作儀(ふさくぎ)の指揮する支那軍にあっけなく負けてしまった」

「知ってるよ。関東軍としては、内蒙古軍の弱さは当初から織り込み済みで、負けを忌み嫌う国内世論が関東軍を支持してくれることを期待して、内蒙古軍を支援してさらに戦火を拡大させるつもりだったらしい。それを抑えるのは大変だったよ。満州国の範囲は、支那で言う『東三省』、つまり黒竜江(こくりゅうこう)・吉林(きつりん)・奉天(ほうてん)（遼寧(りょうねい)）の三省に、内蒙古に属する熱河(ねっか)省を加えた範囲だが、察哈爾(チャハル)・綏遠(すいえん)の内蒙古の二省まで取り込もうという画策は陰に陽に進められてきた。関東軍の謀略担当の将校なんか、内蒙工作の強化はもちろん、寧夏(ねいか)など西蒙古まで分離独立させる工作を考え、ゆくゆくは中央アジアまで手を広げ、東進するドイツと結んで、ソ連の南側をとりまく防共回廊を作り上げるという雄大きわまる構想まで起案していたんだ。まったく、日本の軍事予算が無尽蔵だとでも思っているのか」

「とにかく、内蒙古軍の背後に関東軍があるのは公然の秘密だったから、支那ではこの綏遠事件は『日本軍に対する勝利』として大宣伝されてね、今まで日本軍に負け続けの支那人を熱狂させ、『日本軍おそるるに足らず』といった風潮が蔓延(まんえん)するようになった」

「そうか、困ったもんだな」

「とくに昨年末に西安事件があってね」

「ああ、張学良（ちょうがくりょう）が蒋介石を監禁して、第二次国共合作を認めさせた事件だな」

「うむ、孫文（そんぶん）存命のころに、一度支那の国民党と共産党は合作したんだが、それは昭和二年の蒋介石の反共クーデターで破綻（はたん）した。蒋介石は共産党討伐に力を入れていたんだが、共産党は、中国人は中国人同士で戦うべきではないと言って、抗日統一戦線を唱えていた。それに張学良が乗っかって反蒋クーデターを起こしたわけだ」

「それは知っているが、本当に蒋介石は国共合作をやる気があるのか？　抗日統一戦線ということは日本に喧嘩（けんか）を売るという意思表示だぞ」

「うーむ、そこは何とも言えない。国共合作は、まだ公式には承認されていない。あれは監禁から脱出するための方便で、西安事件で煮え湯を飲まされた蒋介石は、間もなく共産党討伐を再開するという観測も根強い」

「公式には国共合作は承認されていないが、現実に共産党討伐は再開されていない、どっちつかずのままというわけだな」

「そう、だが、北平（ペイピン）の赤がかった学生たちは盛んに抗日統一戦線がうまくいくということを宣伝していてね。日本人との紛争を引き起こそうと策動している動きが感じられる。北支各所で邦人に対する圧迫妨害事件が相次いでいる。北平では日本人学童に石を投げつけるといった悪質な事件も起きている」

「じゃあ、在留邦人の不満も高まっているわけだな」

「そう、軍の弱腰を責める声も強い」

「だが、少なくとも、天津軍のほうで、事をおこして一気に支那側を蹴散らそうなんて動きはないんだな」

井川大尉が一番確かめたかった質問を発すると、山下大尉はにやりと笑って答えた。

「大丈夫だよ。それは絶対にない。上層部に内密で、誰かが謀略を計画しているとしても、大陸浪人なんか使えば、連中はもらった資金で酒場で豪遊するからすぐわかる。少数の過激将校が何かやろうとしても、小人数では大したことはできないし、部隊を使って何かやろうとすれば、必ず秘密は漏れる。軍内で謀略計画の気配はない」

「そうか、お前がそう言うなら、信用しよう」

＊親補職：当時は、官吏にも等級があって、親任官（しんにんかん）、勅任官（ちょくにん）、奏任官（そうにん）、判任官（はんにん）の区別があった。親任官は官吏の最頂点で、天皇親ら（みずか）任命する。大臣、枢密院議長、特命全権大使などである。次が勅任官で、本省の次官・局長クラスや各県知事などである。奏任官は、課長以下の中堅幹部と幹部候補であり、ここまでを一括して「高等官」と呼び、現在俗に「キャリア組」と呼ばれる層に該当する。高等官の下の判任官は、今日の「国家Ⅱ種」に似た存在で、陰では「半人官」などと揶揄（やゆ）された。軍人は、大将が親任官、中将・少将が勅任官、佐官（さかん）・尉官（いかん）が奏任官、下士官が判任官だった。兵は

官吏の扱いはされなかった。官吏に任命されることが任官であり、ある職につくのが補職である。補職のうち、親補（天皇親ら補す）式をもって補せられるのが親補職であり、陸軍では、参謀総長、教育総監、師団長、東京警備司令官、軍司令官が親補職であった。陸軍中将は勅任官であるが、中将が親補職についた場合は、その地位についている間だけ親任官の待遇となる。

天津軍司令部訪問を終えて、井川大尉が宿に戻ると、直輝はいなかった。背広はハンガーにかけて鴨居に吊るしてある。帰国後報告するために軍司令部で聞いた情報を簡略に手帳にメモなどしていると、支那服姿の直輝が戻ってきた。

「どこに行っていたんですか」

「ちょっと支那側の政情探索に行ってきました」

「大丈夫ですか。支那軍の施設に近づいたりして捕まったら大変なことになりますよ」

「いや、学生が赤化しているという話がありますからね。大学に行って見てきたのです」

「そうですか。どんな様子でしたか」

「いやあ、学生の間の抗日意識は盛んですね。北洋大学の構内に入ってみると、『抗日救国』の張り紙があちこちにあって、志願兵になるよう呼びかける演説のまわりに人だかりができていました」

「そうですか。天津軍のほうでは、謀略の計画は全くないということでした。なんとか冀東政権解消を早く申し出て、反日意識を沈静化させたいところですねえ」

井川大尉は直輝の情報収集能力を見直した。直輝が単に華族だというコネだけで首相秘書官になったわけではないとわかって、かねて疑問に思っていたことを質問する気になった。

「ところで、ちょっとつかぬことを伺ってもいいですか」

「はあ、何ですか」

直輝は、何をあらたまって聞くのかと、少し身構えた。

「前から気になっていたんですが、どうして天津の大学が北洋大学なんですか？」

「ハハ、なんだ、そんなことですか」

「いやあ、中学校の歴史の授業で、袁世凱（えんせいがい）の軍隊が北洋軍と呼ばれていたのを教わったときから疑問でしてね。子供のころは、そのうち学校できちんと教わるのだろうと思って、気にもしなかったんですが、大人になってもさっぱりわからず、大人になったらこんなこと知らないと人に知られるのも恥ずかしいし、誰か支那の事情に詳しい人にいつか聞いてみたいものだと思っていたんです」

「まあ、日本じゃ北洋と言えば、地球を世界の中心として見て北の海、つまり北極に近い北の海という意味ですからね」

「支那では違うんですか」

「支那では、これが中華思想と言うものなんでしょうが、地球が世界の中心ではなく、支那が世界の中心なんです。北洋と言うのは支那から見て北の海、つまり渤海（ぼっかい）の沿岸部のことです。渤海のことを北海とも言います。ですから、河北・山東両省を根城（ねじろ）とする袁世凱の軍は北洋軍と呼ばれ、天津の大学は北洋大学になるわけです。同じように、南洋とは、日本語では赤道に近い南の海のことですが、支那では支那から見て南の海、つまり南シナ海の沿岸部、英領のマレーや蘭印（らんいん）（オランダ領東インド＝今のインドネシア）のあたりのことです。南シナ海は支那語では南海と言います。日本語で東洋と言うと、支那を含むアジア全体を指しますが、支那語では支那から見て東の海上の陸地、つまり日本を指します。北平（ペイピン）で、人力車のことを洋車（ヤンチョ）と言うのはご存じでしょう。あれも、もとは東洋車（トンヤンチョ）、つまり日本で発明された車だから東洋車と言っていたのが縮まってそうなったのです。

　支那語で東海と言うと、東シナ海ばかりでなく太平洋を含む支那の東の海全部ということになります。もともとの古い支那の地理概念は、『天円地方』つまり天は円（まる）く地は四角いというだけのことで、大地すべてが支那で、それは四角くできていて、その四方を取り囲む海を東西南北の方角に従って東海、西海などと呼ぶというようなきわめて漠然としたものでした。無限に広い支那の東岸に朝鮮というちっぽけなでっぱりがあろうが、無限に広い東海に日本というケシ粒のような小島があろうが、それで東海を東シナ海とか太平洋とか区別して呼ぶなんて考えはしなかったんですね。

それで、古代の支那人が見たことはなかったわけですが、西海とは大西洋ということになりますから、西洋とは大西洋沿岸部つまりヨーロッパということになります。それで西洋だけが日本語と支那語とだいたい同じ意味になっています。

よく支那人は日本人のことを東洋鬼（トンヤングイ）と言いますね。これを、支那人は日本人を鬼のように恐れているのかと勘違いしている人がいますが、鬼とは支那語では死霊を意味します。日本語のたくましい鬼ではなく、やせた青白い幽霊といったところです。これをさまざまなものの語尾につけて侮蔑の意味を表します。たとえば、支那語で胆小鬼（タンシャオグイ）と言えば、臆病者をあざける蔑称です。ですから東洋鬼とは、日本人を恐れて言うのでなく、あざけって言う言葉です」

「いや、そうだったんですか。同じ漢字だから同じ意味のように思っていると、ずいぶん違うもんですなあ」

そんな話題で二人は一段と打ち解けて、首相秘書官と作戦課参謀という立場を超えて、心が通い合うような気持ちを抱くようになった。

天津での情報収集は一日で終え、翌六月十二日朝、二人は汽車で北平に向かった。

井川大尉は、まず単身で北平の特務機関に顔を出した。特務機関長の松井太久郎（まついたくろう）大佐と駐支大使館付武官補佐官の今井武夫少佐から話を聞くことができた。駐支大使館付武官は首都の南京に駐在していて、北平の武官はその補佐官ということで、このように呼ばれていたのだが、実質上は、今井少佐は中央直轄の北平駐在武官と言ってよかった。

「ある程度の話は、昨日、天津軍司令部で伺ってまいりました。支那側の抗日意識は非常に旺盛のようですね」

と井川大尉が話を始めると、松井大佐が応じた。

「なんと言っても、昨年の綏遠事件が大失策だったね」

今井少佐が苦虫をかみつぶしたような顔をして続けた。

「綏遠事件の失敗が支那側の士気を高めて、排日侮日はほとんど極点に達している。各地で日本の外交官に対する不法行為や、邦人に対する暴行事件、日本軍の軍用電線の切断といった妨害行為も頻発している。河北・察哈爾両省の支那側守備軍である第二十九軍に関しても、師長（日本軍の師団長に該当）以上は表面紳士的にわが方に接しているが、下級幹部の抗日意識は旺盛であり、このままの状態が続けば、不祥事勃発の可能性はきわめて高いと言わざるを得ない」

「そうですか。石原少将としては、現在はソ連の軍備増強に対応するために日本の国力増進を図らなくてはならない時期とお考えです。なんとしても日中両軍の衝突を避けなくてはなりません。いずれ冀東政権解消などの思い切った譲歩をする予定です。なんとか中央で事態打開の道が開けるまで、衝突を起こさぬよう、起きた場合には、極力ボヤ程度で消し止めるよう、お二人のご尽力をお願いします」

二人から中央の意に沿うよう努力すると確言を得て、宿に戻ると、直輝は部屋にこもって支那語の新聞を数紙買い込んで読んでいた。

「いやあ、ずいぶん熱心に読んでいらっしゃいますな。何か注目の記事はありますか」

「はあ、自分が上海に住んでいたのは、もう十年も前のことで、あのころとはずいぶん違ってしまいましたねえ。大正時代には支那で排外と言えば、排英を意味していました。なにしろ、孫文の出身がアヘン戦争の発火点、広東省ですからね。孫文なんかは、話がイギリスのことに及ぶと、敵愾心むき出しだったそうです。満州事変以前、日本では軟弱外交として非常に評判が悪かった幣原外交も、支那では、さすが同じ漢字を使う国同士、西洋と違って、日本は支那に好意を寄せてくれると、むしろ感謝の気持ちを表していたもんです」

「十年前の南京事件のあたりの話ですな」

「はあ、自分はまだ東亜同文書院の学生でした。大正十五年の夏に蒋介石が国民革命軍を率いて、北伐を開始しました。広東を出発した革命軍は破竹の勢いで進撃し、翌昭和二年三月には南京入城を果たしました。その際、暴兵が外国領事館に乱入し、死傷者が出る騒ぎになったのです。これに対して、英米の砲艦は直ちに報復の砲撃を加えたのですが、日本はこれに加わらなかったのです」

「知ってますよ。自分は士官学校を出て、久留米の連隊に勤務していたころです。日本側の報道も過熱しました。何年かして事件を間近で体験した人から話を聞いて、本当はそんなことはなかったと聞きましたが、報道では婦女子は輪姦されたことになっていて、幣原喜重郎外相の軟弱外交に対する批判は激しかったですなあ」

「内地ではそうだったでしょうが、支那国内の世論としては日本だけが支那に好意的に対応してくれたことに感謝する論調でした。それが、その年の四月に内閣が交代して、陸軍出身の田中義一首相が強硬外交を旗印に山東省に出兵してから、対日世論が悪化したのです。とくに、翌年五月、もう自分が書院を卒業して内地に戻ったあとですが、山東省の済南で日支両軍が衝突する事件が起きて、決定的に反日世論が支那全体を覆うようになったんです。綏遠事件のあと反日世論がとくにひどくなったと聞きましたが、新聞の論調も反日一辺倒ですね」

「山東出兵の理屈としては、南京事件のような不祥事が起きたのは幣原外交のごとき軟弱姿勢が支那人をつけあがらせたせいであり、日本の武威を思い知らせれば排日運動などたちまち雲散霧消する、ということだったはずですがねえ。日本の強硬姿勢が支那側の反発を呼び、支那側の反日運動が日本の反支那世論を刺激するという悪循環になっていったわけですなあ」

「支那は広大ですからね。どれほど日本が武力発動したところで、全支那人に日本の武威を思い知らせることなんかできやしませんよ」

　直輝はテーブルの上の新聞の一つを指差して話を続けた。

「これは極端な排日姿勢の新聞らしいですが、四億の人口を擁する中国が人口一億の日本に負けるはずがない。満州を取られ、北支が圧迫されているのは政府の弱腰のせいだ。全中国人が抗日に立ち上がれば、たちまち東京まで攻め込める。要するに政府の決心一つなのだ、なんて書いてありますよ」

「そりゃあ、認識不足も甚だしいですな」

「でも、こんな論説でも田舎の支那人は信じるでしょう。日本人だって、黒船来航のときには、夜陰に紛れて小舟で黒船に斬り込めば黒船なんか簡単に乗っ取れる、なんて言ってたそうじゃないですか」

「支那の政府のほうで、こんな記事は取り締まってほしいものですがねえ」

「いや、支那人の対日軽侮観念というのは、新聞の取り締まりとか、教科書記述を改めるとか、そんなことでどうにかなるもんじゃないですよ。自分は小さいころから支那育ちだからよくわかる。支那では子供が泣くと、東洋鬼つまり日本人が来ると言って泣き止ませるんです。それは新聞とか教科書のせいじゃない。明代の倭寇の時代からの民間伝承のレベルでそうなっているんです。むしろ、そういう下地があるから、新聞に排日・侮日記事を載せると売れるので、売れる記事を載せる新聞が多くなるという仕組みなんです」

「そうなんですか。なかなか一筋縄ではいきそうにないですな」

「そうなんです。支那人は、世界で支那が一等にならないと気が済まないところがある。日本人もなにかと言うと『万邦無比』とか言い立てるところは、長年支那から中華思想を学び続けた結果とも言えましょうが、非常によく似ている。現在支那が世界の列強に後れを取っている現状を認め、この現状から脱するために諸外国と親善友好関係を結んでじっくり国力を増進しようというのでなく、国力の裏付けなしに国威を世界に認めさせようとする。そんな無理が押し通せるはずがないのに、直ちに租界回収だの治外法権撤廃だの無理を言い立てて、無理を聞かない相手には、新聞で侮辱を加え、果ては暗殺を仕掛ける。しかも、この矛先が日本だけに向かっているのをいいことに、列強は関税自主権承認とか一部租界返還とか、支那のご機嫌取りをするような姿勢を示した。これで支那はすっかり駄々っ子みたいな態度を身に付けてしまったのです。事がここまでこじれた以上、まずは日本も譲歩の姿勢を取らざるを得ないでしょう。日本が譲歩を示しても、支那の排日・侮日姿勢が改まらないならば、国際社会も支那に厳しい視線を向けるようになるに違いありません」

「私より若いのに、なかなか深い考えですな。軍人なんかだと、どうしても武力で言うことを聞かせるという方向に行ってしまうんですが、一歩退くことで日本の有利を図るということですな」

「なあに、若造一人何を考えてもどうしようもありません。参謀本部が今、支那と事を構えるわけにはいかないと真剣に考えてくれて、これまでの強硬一辺倒の姿勢を改めてくれたからこんなことも言えるわけです」

「私も石原少将のお考えはもっともなことと思っています。これからは陸軍の態勢は、支那には緩めて、ソ連重視にしていかなくてはなりません。そういうときにあなたのような方が総理の秘書についていてくれるのは心強い限りです」

二人は、その晩は北平の食堂で食事をともにしながら国の行く末を案じて大いに語り合った。

翌六月十三日は日曜だった。二人とも北平を訪れたのは初めてだったし、視察と言っても、支那の政情調査も目的の一つなのだし、今日一日ぐらいは観光してみようということになった。特務機関の下士官の運転する車で主要な観光地を一通り巡った。

翌十四日、井川大尉は北平の歩兵第一連隊司令部を訪問した。その間、直輝は支那服姿で宛平の支那軍の近辺を探索することにした。

第一連隊の連隊長は牟田口廉也大佐である。牟田口大佐は、井川大尉が昭和十年の暮れに参謀本部勤務となったときは、参謀本部の庶務課長だった。もちろん顔見知りである。

「井川大尉、久しぶりだな。北平は初めてだろう。昨日市内を見て回ったのか」

「はい、大佐もお元気そうで何よりです。北平では抗日活動が盛んのようですが、大佐が連隊長であれば、在留邦人の安全は心配なさそうですな」

「ワハハ、何の心配も要らんよ。去年の事件のときに、もっと徹底的に叩いておけば、北平だってこんな状態にはなっていなかっただろう」

「天津の司令部では小競合いとしか聞いていなかったんですが、何があったのですか」

「うむ、まあ大したことではないと言えばそれまでだがね。わが連隊の一小隊が夜間演習に行くために豊台の街路を通りかかったところ、おりから支那軍の中隊が向こうからやってきて、支那兵の一人が日本の小隊長の乗馬とぶつかったのだ。馬は少し暴れたが、小隊長は落馬することもなかった。だが、小隊長は支那軍の中隊長に謝罪に来るよう連隊本部まで同行を求めた。そうしたら、向こうは同行を拒否して突然戦闘隊形をとったのだ。やむなくこっちも戦闘隊形で対峙して、一触即発というところまで行った。伝令が飛んできて、本官が向こうの旅団長に電話でねじこんで、その場は収まった。このとき相手部隊の武装解除ぐらいやっておけばよかったが、謝罪と関係者の処分で事を収めることにした。ところが、あとでその旅団長は、支那の新聞に、日本側は支那軍の勢威を恐れて柔軟姿勢を取ったのだなどと放言していたことがわかった。本官がその支那の新聞記事を知ったのは、事件からひと月ほどもたってからのことで、その後は一応静穏に経過しているのに、今さら蒸し返すのもはばかられたのでそのままにしたが、今度わが軍に侮辱的態度を取ったら徹底的に思い知らせてやるつもりだ」

「いや、大佐、支那軍自体は大したことはないかもしれませんが、日本軍は支那軍ばかり相手にしているわけにはまいりません。ソ満国境のソ連軍の増強は非常に憂慮すべき状況にあります。今、支那軍相手に事をおこすわけにはいかない、というのが中央の考えですので、その点、是非ご配慮お願いいたします」

「ワハハ、支那軍なんか鎧袖一触、たちまち蹴散らしてみせる。そんな大事にはなりようがないさ。ソ満国境がきなくさいなら、こっちの支那軍をおとなしくさせておくためにもひと叩きしたほうがいいぐらいだろうが、どうせこっちがこぶしを振り上げるぐらいの姿勢を見せただけで、叩く間もなく支那軍なんかあわを食って逃げ出すさ」

副官の森田中佐が口をはさんだ。

「まあ、大佐はこの通りのご気性ですが、自分が補佐しておりますので、何か事がおきたとしても、決して事を大きくせずに収めるようにいたしますから、参謀本部にはそのようにご報告ください」

次いで、大尉は豊台駐屯の第三大隊を訪問した。一木清直大隊長から部隊の緊張した駐屯状況、支那軍と目と鼻の先に対峙していて非常に気疲れがするというようなことを聞いて宿に戻った。

一方、直輝は、豊台にほど近い宛平県城に行ってみた。豊台の日本軍と去年小競合いを起こした支那軍部隊が宛平に駐屯していたからである。直輝の支那服は、支那人のインテリがよく着る長衫である。詰め襟の服の裾がコートのように長くなっている。その下にシャツとズボンを身に着けて、靴は布靴で、頭には中折れ帽をかぶって、当時支那人インテリの間で流行していた黒眼鏡をかけている。どこから見ても、上海の小商人の息子で通用するいでたちである。直輝は、近衛から支那要人と会見する際の通訳を命ぜられたのであれば、完璧な北京官話を話すこともできるが、多少上海語訛りをにおわせるのも造作もないことである。上海語訛りの北京語で、上海から北平見物に来て有名な盧溝橋を見物に来たと言い訳すれば怪しまれることはあるまいと考えていた。

盧溝橋は、北平の西を流れる永定河にかかる石橋で、北平の中心部から南西へ二十キロほどのところにある。一一九二年建造と言われ、マルコ・ポーロの『東方見聞録』にも記載があるというので、別名「マルコ・ポーロ・ブリッジ」とも呼ばれる美しい橋である。盧溝橋で眺める夜明け方の月は、古来「燕京（えんけい）（北京の古名）八景」の一つとして知られている。

豊台と宛平はほんの数キロしか離れていない。こんな近くにいがみ合う日中両軍の部隊が駐屯していることが問題である。北平から汽車に乗って盧溝橋駅で降りれば、宛平までは歩いても二十分もかからないが、直輝は洋車（ヤンチョ）をつかまえて盧溝橋までやってくれと頼んだ。

「お客さん、どこから来なさった？」

人力車夫が話しかけてきた。

「遠来の客だとわかったかい？」

「ハハ、いくら北京語を使ったって訛りでわかりまさあ」

「上海から来たんだ。父は上海で骨董屋をしていて、北平に買い付けに来たんだが、初めて僕をおともに入れてくれたんだ。僕は北平に来たのは初めてでね、父は商売で忙しいが、一日ぐらい一人で郊外見物させてくれとお願いして、ようやく許してもらえたというわけさ」

「骨董屋さんの跡継ぎなら、ぜひ盧溝橋は見ておいたほうがようがんす。橋の欄干の獅子の彫刻も見事ですし、橋のたもとの『盧溝暁月（ろこうぎょうげつ）』の石碑の字は乾隆帝（けんりゅうてい）のご宸筆（しんぴつ）だそうでがんす」

駅から盧溝橋に行くには、宛平県城を通り抜けなくてはならない。直輝は城壁に防水布をかけたものが置かれているのを見つけた。高さは人の肩ぐらいまである。横は同じぐらい、奥行きが少し長いぐらいの大きさの直方体の物体である。

「俥屋さん、城壁に変なものがあるけど、ありゃ何だい？」

「お客さん、あんまり城壁をしげしげ見ちゃあいけません。この間も城壁を見上げていた学生さんが兵隊にしょっ引かれたんですぜ」

直輝は口をつぐんで城壁から視線をそらしたが、たぶんあれは大砲だと見当をつけた。

盧溝橋に着いて、車夫を待たせて、橋の欄干の彫刻や石碑を眺めた。橋の上には観光客らしい人々が長年の摩耗によって波打っている石畳の上を三々五々歩いている。石橋は、創建当時は白く輝いていたのだろうが、八百年近い時の流れによってくすんだような灰色になっている。空には白い雲が浮かび、いくつもの美しいアーチを描く石造りの橋の下には川面に青い空と白い雲を映して永定河がゆったりと流れている。観光に来るなら絶好の見どころに違いない。

宛平県城を貫く道路は北平から石家荘につながっており、並行する線路が城壁の北方数百メートルのところを通っている。鉄道の北側の、永定河の東岸の河川敷が日本軍の演習地になっている。直輝は中折れ帽のつばを目深に傾けて、黒眼鏡で視線を隠して、石碑の四隅に立ててある柱の竜の彫刻を眺めるふりをして周囲に目をやった。鉄道と城壁の間のこんもりした丘で支那兵の部隊がなにやら地面を掘り返していた。塹壕掘りの演習かと思ったが、その下になにやらコンクリート製の構築物がある。

《トーチカだ！》

トーチカとは、コンクリートで固めた小型の要塞のことである。銃眼を備えていて、重機関銃などが配備されている。

満州事変後、支那軍が執拗に長城線に攻撃を仕掛けてくるので、関東軍は、昭和八（一九三三）年に北平近くまで攻め込んで、長城付近にかなり幅の広い帯状の非武装地帯を設置することを認めさせた。その非武装地帯に成立させた傀儡政権が冀東政権というわけだ。おそらくその時期にここにトーチカを築いていたに違いない。それを停戦協定成立の際に埋めて隠したのだろう。それを掘り返しているということは、近々これを使用する予定だということだ。直輝はわきの下に汗がにじむのを感じた。

その夕方、宿で井川大尉と落ち合うと、直輝は宛平県城には大砲が備えられていることと、宛平県城と日本軍演習地の間にはトーチカが構築されていることを伝えた。

「城壁に大砲？　トーチカまで！」

「間違いないです。支那軍はやる気満々だと考えるべきでしょう」

「大砲の大きさはわかりますか？」

「そう、防水布がかけてあったので正確にはわかりませんが、城壁で警戒にあたっていた兵隊の身長よりやや低いぐらいの高さでした」

「すると山砲か、せいぜい野砲ですね。だが、それでも豊台の兵営まで射程距離に入るかもしれない」

「わが連隊の様子はどうでしたか」

「いやあ、意気軒高、支那軍など鎧袖一触と言ってました」

「まずい、それはまずいですね。とにかく両軍が近くにいるということがよくない。こうなったら、先手を打ってわが軍を引き上げさせてはどうでしょう？」

井川大尉は、ちょっとあっけにとられたように、直輝の顔を見つめた。

「どうしました？」

「いや、同じことを陛下が仰せになっていたという噂がありましてね……。宮中のことが一介の大尉に漏れてくるというのも、おかしな話ですが、宮中には侍従武官も伺候していますのでね、とくに参謀本部にも知らせておかなくてはいけないことは伝えられるのです。それで、私にまで噂が伝わってくることもあるわけです」

「そうですか。聖慮を受けて、石原少将も支那に譲歩しようという気になったのですか」

「いや、石原少将が今、支那と事を構えるわけにはいかないと主張し出したのは、第一部長昇進早々の三月のことで、ソ満国境のソ連軍の増強を知ったためです。陛下が先手を打って支那の希望を入れてはどうかと仰せになったのは私の出発直前、六月になってからのことです。支那との国交調整がうまくいかず、在留邦人が圧迫を受けているという報告を受けて、邦人の安否をご軫念（しんねん）遊ばされてのことと伝えられています」

「すると、天皇と参謀本部作戦部長が、期せずして同じことを考えたというわけですか」

「そう、そして、今、総理大臣秘書官の貴下も同じことを考えたわけです。石原少将は日本軍が支那軍を相手にした場合背後を脅かす存在となるソ連軍の増強ぶりから、陛下は在留邦人の危難をご軫念遊ばされて、貴下は支那軍の軍備状況から、それぞれ同じ結論を導き出したというわけですな。孫子曰く『敵を知り己を知らば百戦危うからず』。敵状にかんがみれば、ここはいったん兵を退（ひ）くのが得策かもしれませんな」

「孫子はこうも言っている。『夫（そ）れ、ただ慮（おもんばか）りなくして敵を易（あなど）る者は必ず人に擒（とりこ）にせらる（そもそもよく考えることもしないで敵を侮（あなど）っているものは、きっと敵の捕虜にされるであろう）』。敵状を知らずに連隊長が『鎧袖一触』などと放言しているのは、非常に危ういのではないでしょうか」

そういう会話の翌日、二人は、支那の第二十九軍の軍事顧問をしている桜井徳太郎少佐の案内で、第二十九軍をも視察した。おそらくあらかじめ上官から注意を受けていたためと思われるが、視察は非常になごやかな雰囲気で行なわれた。やはり日本軍と比較すると、装備は見劣りがして、実戦となれば、とうてい日本軍の敵ではないであろうと思われた。

十六日、今度は、北平の東の通州にある冀東防共自治政府を訪れた。特務機関の細木中佐の案内で冀東政府首班の殷汝耕と会見した。殷汝耕は日本に留学して早稲田大学を卒業したぐらいで、不自由なく日本語を話せたので、直輝の通訳は不要だった。殷汝耕は南京の国民政府と河北・察哈爾両省を統治する宋哲元の冀察政権の抗日姿勢を批判し、日本と提携して冀東の安定と繁栄に全力を尽くすとか、日本の傀儡らしい言辞に終始したが、なんとなく落ち着きのない様子だった。井川大尉が揮毫を所望したところ、画仙紙に、

〝山雨欲来風満楼〟

と書いてよこした。

井川大尉は直輝と顔を見合わせた。

「唐代の許渾の詩の一節ですね」

と、漢籍に詳しい直輝が言うと、

「山雨来たらんと欲して風楼に満つ、と読むんでしょうな」

と井川大尉が続けた。

「これは許渾が、秦の時代に都だった咸陽（かんよう）の城楼に登って、故郷をしのび、かつて栄えた秦・漢に思いを馳（は）せ、唐王朝の将来を憂えて詠んだ詩の一節です。意味は、山のほうから雨が降ってきそうで、ちょうど今、風が楼（たかどの）（高い建物）いっぱいに吹き込んでいる、ということになる」

「要するに、嵐の予兆、一触即発ということですな」

その日は、日本人経営の料亭で殷汝耕招待の会食をして、翌日北平に戻った。

二人は、さらに二週間ほどかけて、察哈爾（チャハル）・綏遠（すいえん）両省から、山西・山東両省まで足を延ばして、綏遠事件後の険悪な政情を見聞し、六月末に帰国した。

# 盧溝橋事件

久松直輝は近衛総理に、井川大尉は石原作戦部長に、それぞれ現地視察報告をした。井川大尉は、支那駐屯軍には謀略の気配はないが、現地の反日・排日の空気は非常に険悪で、不慮の偶発的事件はいつでもおこりそうであり、支那側は戦意旺盛であることを報告し、偶発的事件を避けるには、豊台の部隊を支那軍から引き離す必要があると結論した。

井川大尉の報告を聞いた石原少将は深く考え込んだ。

「ふうむ、豊台の部隊をどこか別のところにか……」

「それが無理なら、いっそ駐屯軍の兵力を以前に戻してはいかがでしょうか」

「そんなわけにはいかんよ。とくに支那側の排日・侮日運動が盛んなときにそんなことをすれば向こうを勢いづけてしまう恐れが強い。むしろ静観がいいかもしれん。こうした場合に政府としてあれこれ動くとかえって向こうを刺激することになりかねない。排日運動が盛んなために帰国する邦人が増えれば、排日運動も沈静化するかもしれん」

「閣下、しかし支那軍の戦意は非常に旺盛です」

「宋哲元の第二十九軍が何を小細工しようが大戦争にはならない。問題は蔣介石がどういうつもりでいるかだ。日本軍が支那全土を占領するなど不可能なのは自明のことだが、支那軍が日本軍を攻撃して勝つことなど不可能なのも、両軍の軍事力を知る者にとってはわかりきったことだ。蔣介石が本気で日本軍と事を構えるとは思えん」

「蔣介石は、日本が支那に攻め込んだときに背後のソ連が動き出すのを期待しているのではないでしょうか」

「貴官はソ連軍のトハチェ・フスキー元帥が処刑されたのを知らんのか」

「自分が北支出張中のことですが、それは大事件でしたから知っております」

「元帥ばかりではない。スターリンはソ連軍の将校を数千人規模で処刑したらしい」

「えっ、そんなに……」

「うむ、何か反スターリンの陰謀が発覚したとかいうことでな。ソ連駐在武官から、千人を超える将校が粛清されたのは、ほぼ確実と伝えてきた。軍隊も結局人間が動かす。将校一人を養成するには十年以上の教育期間が必要だ。ソ満国境の軍備が増強されているのは確かだが、兵力を運用する側の優秀な将校団をこれだけごっそり処刑してしまったら、しばらくソ連は立てないだろう。今日本と支那が戦争を始めたからと言って、すぐにソ連が立つことはあるまい」

「でも、いつかはソ連の戦力も回復するでしょう」

「確かに、いくら軍事力で日本が支那軍を圧倒したところで、支那は広大だ。支那と日本が戦争となれば、勝負がつかないまま持久戦となる公算が大きい。何年も持ちこたえていれば、そのうちに日本側の疲弊を見すかしてソ連が背後を突く可能性はある。だが、そんなことをして蒋介石になんの得があるのだ？　日支共倒れになって、得をするのはソ連と共産党ばかりではないか」

「確かにその通りですが、支那の排日感情の悪化はひどいもので、どんな統治者でも抗日を言わなければ国民の支持を得られない状況です。蒋介石としても、抗日を決断せざるを得ないのではないでしょうか」

「ふうむ、実は国民政府では、間もなく、古来文人墨客が訪れた避暑地として有名な廬山(ろざん)で会議を行なうことになっている」

「共産軍討伐訓練のために毎年行なっている青年将校のための戦術講習の会議ではないのでありますか」

「うむ、今年の廬山会議は昨年までとはずいぶん違うようなのだ。今回は青年将校ばかりでなく、各部隊のトップも招集され、国民政府の行政院各部長（国民政府の「部長」とは、日本の各省大臣に相当）をはじめ、政府主要機関の幹部も集められ、各大学、専門学校の教授、中学校長、ジャーナリスト、民間団体の有力者など約四千五百人も参集して、『救国談話会』を開くのだ。これが単なる軍官民の研修だけのはずはない。事実上の政府移転に等しい大規模なものだ。ひょっとすると、日支開戦の場合、持久戦で遷都する場合の予行演習的なものかもしれん。いずれ、抗日戦に備えての〝国家統一会議〟の性格を持つものに違いない」

「そうですか。ではいよいよ危うい状況ということですね」

「そうだ、この上は不測の事態が起きる前に外交交渉でなんとか国交調整をつけてもらわなくてはなるまい」


だが、新内閣が外交交渉に臨む前に事件が突発した。

昭和十二（一九三七）年七月七日、まさに「噂」通りの七夕（たなばた）の夜、盧溝橋付近で、夜間演習中の日本軍が支那軍から攻撃されたのである。

近衛は、書記官長（現在の官房長官）の風見章（かざみあきら）と直輝を呼んで、首相官邸で密談した。

「やっかいなことが起きたね。満州事変も陸軍の謀略だったという噂だが、今回も軍部のしわざだろうか？」

風見が言うと、直輝が答えた。

「私は参謀本部作戦課の井川大尉と一緒に北支各所を視察してまいりました。今回に限って、それはないと思います。ただ、日本側に謀略の気配がなくとも、支那側の排日、抗日、侮日気運は今や沸騰点に達しようとしていることは確認できました」

「ふうむ、では支那側から仕掛けたということかね。満州事変以来の支那軍の負けっぷりを見れば、信じがたいがねえ」

　風見が腕組みをして言った。

「確かに武力の比較としては、日本軍は支那軍を圧倒しています。しかし、支那は広大です。支那軍がいくら負けても、どこまでも逃げ続ければ、日本軍はどこまでも追い続けるわけにはいきません。支那全土を武力で抑えつけるには百万や二百万の兵力でも不足でしょう。大兵を遠方に送るには莫大な費用がかかります。たとえ戦闘がないとしても、これだけの兵隊を支那に送り込む旅費と、兵隊を何年も養う駐留経費だけでも日本の財政は破綻（はたん）するでしょう。そして日本の国力が疲弊してくれば背後のソ連が立ち上がるでしょう。蔣介石は持久戦に持ち込みさえすれば、いずれ勝機は訪れると考えているのではないでしょうか」

「大正時代のシベリア出兵のときも、『兵隊たちは官費で物見遊山の気分でいる』とか批判されたからねえ。相手が弱くたって、占領を続けるだけでも費用はかかる。シベリア出兵では、戦闘で負けたわけじゃないが、占領を続ける費用の負担ができずに撤兵せざるを得なかった。あのときは、新聞から、明治以来もっとも無謀で無益な戦争と叩かれた。今度もそうなる恐れがあるというわけか」

「蒋介石は北平（ペイピン）・上海周辺に強固な陣地を構築し、四川、貴州などの西南各省に重工業設備を建設し、戦備を整えています」

「えっ、本当かね。北平はともかく、上海周辺はこの前の事変の停戦協定で非武装地帯になっていたはずだろう」

「満州事変の際に昭和七年に起きた上海事変での協定ですね。協定は守られていなかったのです。盧溝橋付近の陣地構築の状況は自分がこの目で確かめてきました。四川・貴州両省は『大後方』と呼ばれて、抗日意識の高い学生たちは、いざとなったらここに立てこもって十年でも二十年でも持久するのだと放言しています。これも私が天津の大学で聞き込んだ情報です。上海の陣地構築と、西南各省の重工業施設建設は、井川大尉から伝えられたことで、参謀本部で掌握している情報です。総理には帰国してすぐ報告したのですが、書記官長は初耳でしたね」

「そう、風見さんもここでの話は決して他に漏らさないようお願いする。だから、これは非常に容易ならん事態なのだ。しかし、弱い相手から喧嘩をふっかけられて、こっちが降参するわけにもいくまい。なんとか現地で停戦が実現できればいいが……」

「むしろ居留民を日本に引き揚げさせてはいかがですか。支那本部（中国本土）在住邦人全員を引き揚げさせて、その旅費と支那に残す財産の補償を政府の負担にしても、何年も戦争をするよりは費用が安く済むはずです」

「問題は、事件がすぐにおさまるか、本当に長期戦になるか、というところだ。簡単に片づくなら、それに越したことはない」

するとと、風見が口をはさんだ。

「陸軍の中堅将校なんかは、支那軍なんか全然問題にしないような口ぶりだったがねえ。事件はやっかいじゃなくて、愉快だとか言って、支那軍には餅搗(もちつ)き主義で対処すべきだなんてね」

「どういう意味ですか?」

直輝が尋ねた。

「餅は、杵(きね)で叩き、搗く、そして丸めるだろう? 餅搗き主義ってのは、支那軍に対しても、叩いて丸める、つまり一撃を加えて相手に譲歩させる方式をとるということなんだそうだ」

「確かに、これまでの支那軍は、日本軍に叩かれるとすぐに引っ込みました。しばしば叩く間もなく逃げ出したぐらいです。でも、あの戦備の増強具合と国民の敵愾心(てきがいしん)とを見れば、そんな認識ではひどい目に遭わされるでしょう。満州事変は、支那の国民にとって、日本の三国干渉に匹敵するような屈辱だったのです。日本が三国干渉後『臥薪嘗胆(がしんしょうたん)』を合言葉にして富国強兵に邁進したように、支那も満州事変以来『臥薪嘗胆』してきたのです。蒋介石は日露戦争のすぐあとに日本に留学したんでしたね。日露戦争に勝った日本のやり方によく学んだ蒋介石を侮ってはなりません。ロシアも日本から戦争を仕掛けるとは思ってもいなかった。そのロシアと同じような気持ちでいたら、日露戦争のときのロシアの二の舞になるおそれありと言っていいでしょう」

三人は、とりあえず戦況を注意深く観察することにした。

そして、支那軍はどこまでも抵抗を続けた。一撃で事態がおさまるという予想が外れたことは明らかだった。現地の指揮官ぐらいのレベルでは停戦などできそうにない。なんとかして蒋介石と直接連絡をとらなくてはならない。

近衛は、石原少将を呼んで意見を聞いてみた。

石原少将は、近衛首相自らが南京に乗り込んで、蒋介石と直談判すべきだと提案した。近衛もこの案に乗り、南京行きの飛行機の準備に取り掛かった。ところが、参謀本部はこれに協力的だったが、陸軍省側が横槍を入れてきた。参謀本部と陸軍省の方針が一致していない状況を見て、近衛としても、蒋介石と自分との間の話がまとまったとしても、陸軍省と参謀本部がもめてまとまらないようなことになってはいけないと考え直した。そこで、まずは使者を立てて瀬踏(せぶ)みをさせることにした。

近衛は風見と相談した。

「まず、蒋介石が本気で日本と戦争する気なのかどうかが問題だ。そして、戦争する気なら、どういう条件なら講和するのか確かめなくてはならない。そのうえで、こちらも、本腰を入れて戦争するか、何らかの条件で折り合いをつけるかを考えなくてはならない。とにかく使者を立てなくてはいけない」

「総理、誰か、使者にふさわしい人物をご存じですか」

「蒋介石に信用のある日本人としては、若いところなら宮崎滔天(みやざきとうてん)の息子龍介(りゅうすけ)、年寄りならば、孫文とも親交のあった秋山定輔(あきやまていすけ)だと、かねてから駐日大使の蒋作賓(しょうさくひん)から聞いている」

「今度は陸軍省の横槍はないでしょうな?」

「よし、明日、僕が杉山陸相に話を通じておくことにしよう」

近衛首相は、密使派遣の件を杉山陸相に告げ、途中の安全を確保するよう要請した。これで大丈夫だろうと宮崎龍介に親書を託して出発させたところ、宮崎は神戸から上海行きの船に乗り込んだ直後、憲兵隊に逮捕されてしまった。近衛は杉山陸相を詰問(きつもん)したが、陸相は言を左右にして宮崎の拘留を続け、結局事変初期に首脳会談をする計画は不可能になった。

そして、日本軍は連戦連勝を続けた。

## 戦線拡大

《そうだ、南京攻略前が一つの機会だったな》

近衛の回想は、第二次上海事変に飛んだ。

北平郊外盧溝橋に端を発した事変は、八月（昭和十二年）には上海に飛び火した。満州事変に引き続いて起きた上海での日中両軍の衝突を「第一次上海事変」（昭和七年）と言い、盧溝橋事件に始まる「支那事変」の際の上海での事変を「第二次上海事変」と呼ぶ。一時上海では苦戦したが、十一月に支那軍の背後にあたる上海南方の杭州湾北部へ日本軍が上陸して挟撃する態勢を示すと、支那軍はなだれを打って敗走した。これで、北平でも、上海でも、日本が当初掲げた「居留民保護」の目的は達成されたと言っていいだろう。しかし、誰が考えても、居留民の保護のためだけだったら、居留民を日本に引き揚げさせたほうが安上がりで犠牲も少なく済んだところではある。

上海戦は、軍事的には日本軍の勝利に帰したが、支那軍にとっては、国際社会に支那軍の勇戦敢闘を印象づけるうえで、大きな効果があった。

米国ジャーナリズムは、上海の防衛戦を大きく取り上げた。米国世論に最大の影響を与えた戦場写真は、爆撃を受けたあとの人通りのない大通りで、一人の赤ん坊が市電の線路の上で泣いている写真であった。売れる記事を求める新聞記者たちは、上海でのドラマの前に群がり集まった。一日に二度行なわれる国民政府記者会見で、多くの英雄的戦闘や悲惨な物語が報告された。中国は民主のために戦っているのであり、その代表は意思堅固な軍事委員長・蔣介石と、アメリカで教育を受けた素敵でおそれを知らぬ委員長夫人・宋美齢（そうびれい）であった。

蔣介石と宋美齢は、悲壮な高貴さのただよう表情をして、雑誌『タイム』の一九三七年の「今年の夫婦」として表紙を飾った。戦後になって、アメリカ人は上海戦の当初の自分たちの中国のイメージが誤っていたことを知るようになるが、当時のアメリカ国民の意識調査では、中国に同情するものは七四パーセントを占め、日本に同情するものは二パーセントに過ぎなかった。

第二次上海事変当初から、イギリスによる調停の動きはあった。イギリスはアヘン戦争で上海に足がかりを獲得して以後、営々として上海に巨額の投資をしてきた。事変によって経済活動が阻害されるのは望まぬところだった。そこで、南京にいた駐華英大使が調停に乗り出すことになり、上海にいた日本の川越大使と会談しようとした。ところが、南京から上海に向かう途中の大使の乗車を海軍機が襲撃して、イギリス大使に重傷を負わせてしまった。車は先端に英国旗を垂直に立て、屋根の上には大きな英国旗を水平に広げて、不慮の事故を避ける用意をしていたのに、英国旗を無視して攻撃したのである。

事件は八月二十六日に起きた。イギリスの新聞は事件を大きく報じた。近衛は風見と直輝を呼んで首相官邸で額を寄せて相談した。

「頭痛の種がまた一つ増えたよ」

近衛は眉間にしわを寄せてソファにがっくりと身を沈めた。

「こちらの落ち度であることは間違いないわけですから、とにかくイギリス側にきちんと謝罪すれば、向こうもわかってくれるはずです」

直輝が言うと、風見が応じた。

「その通りだが、海軍が認めないいんだよ。その日の午後にこのあたりを飛んでいた日本機はないと言い張ってね」

「じゃあ、支那の飛行機が攻撃したって言うんですか？　上海と南京の間の制空権はわが軍が掌握しているはずじゃなかったんですか？」

「まあ、実際上、海軍機が攻撃したのは間違いないいんだが、海軍が認めてくれないとどうしようもない」

「いったい、イギリス大使の好意ある調停の申し出を蹴る気なんですか？」

「もちろん、わが国としては、イギリスの調停を受け容れたい」

「だったら、誤爆を陳謝しなくてはならないでしょう」

「そこだよ。どうも軍部はイギリスの調停を嫌がっているようなんだ」

「えっ、なぜですか？　今度の事変では、わが国も困ってはおりますが、当事国以外で一番困っているのはイギリスでしょう。アヘン戦争以来イギリスが上海に投資した資金は莫大な金額にのぼる。事変で経済活動が阻害されればイギリスも大きな損害を被る。イギリスならば、真剣に調停に尽力してくれるでしょう。しかも、武力で日本に勝つ見込みがない蔣介石が頼みとするのは国際社会の支持だけのはずです。蔣介石はイギリスの申し出を蹴るわけにはいかない」

「私もそう思うがね。軍部では、海軍軍縮条約でイギリスがアメリカと協力して日本に軍縮を吞ませて以来、反英米感情が台頭している。それにイギリスは中支・南支に強固な権益があるからね。この際イギリスの勢力を駆逐できればいいぐらいに考えているらしい」

「そんな……そんな無茶な。支那一国と事を構えるだけでも大変なのに、大英帝国とも事を構えるつもりなのですか？」

「軍部、とくに陸軍はドイツのほうに親近感を抱く者が多いようでね」

「おかしいじゃないですか。現在、軍事的に支那を一番支援しているのはドイツでしょう。支那軍の武器と訓練をドイツが請け負っているのは世界に公表されている事実です。ドイツ人軍事顧問団は上海戦でも支那軍の前線で陣頭指揮をして、日本軍を苦しめた。現にドイツ製の銃弾で日本兵が殺されているんですよ。口先で中国に好意を示しているだけのアメリカと、現に日本兵を殺しているドイツと、どちらがより敵対的か、わかりきったことではないですか」

「僕もおかしいと思うが、どうして陸軍はあんなに英米を毛嫌いするのかねえ。どうも、これは陸軍幼年学校で教わる語学が独・仏・露語であることと関係があるのかもしれない。陸軍要路の軍人のほとんどはドイツ留学経験者だ。誰でも、青春の一時期を過ごした土地に愛着を持つのは当然のことだ。まして日本陸軍がその模範としてきたのは明治以来ドイツ陸軍だったからねえ」

「そんな……陸軍が親独的なのは、そんなつまらぬ理由なんですか？　陸軍幼年学校が大増設されたのは、明治二十八年の三国干渉の翌年の軍備拡張の時期のことです。敵に勝つには敵を知らねばならないということで、その語学は三国干渉の不倶戴天の敵ドイツ・フランス・ロシアの言語ということになったのです。日中間の問題でアメリカがことごとく日本に反対し中国に味方してきたために、日本では反米世論が台頭しましたが、ドイツが日本と対立しなくなったのは、先の大戦（第一次世界大戦）で日本が中国からドイツを叩き出したために中国におけるドイツの権益が消滅したせいでしかありません。ドイツは元来黄禍論の提唱者であり、日本にとっては三国干渉以来の仇敵です。明治以来日本が戦争した国は、清国、ロシア、ドイツです。ドイツ国民は、世界大戦で日本が連合国側に立って参戦したことをいまだに忘れていません。ドイツがヨーロッパで大戦争をしていて東洋に派兵する余裕がないのを見越して、火事場泥棒的に青島を奪った日本に対しては、日本人を皆殺しにしてしまえという発言までしばしば繰り返されてきました。ナチスなんか、非アーリア民族は劣等人種だと公言している。ドイツは明治以来基本的に日本に敵対してきた国であり、英米のほうが日本に味方してくれた国ではないですか」

「久松君、初めて会ったころとは別人のように歴史に詳しくなったようだね」

近衛首相が目を丸くして言うと、

「いやあ、学生時代に閣下に歴史の不勉強を指摘されて以来、ずいぶん勉強したのです。閣下にお仕えするようになってからもずっと歴史の勉強は続けてまいりました」

直輝は頭をかきながら答えた。

「黄禍論は、大正時代にアメリカで日本からの移民を排斥する運動が盛んになったときにずいぶん盛んに唱えられて、それで日本側の反米世論が刺激された面もあったが、明治のころは、ドイツがロシアを日本と対立させようと仕向けるために主張されたもんだ」

風見書記官長が口をはさんだ。

「はい、黄禍論は、黄色人種が白人をアジアから駆逐しようとするのではないかと警戒し、ヨーロッパ諸国はキリスト教文明を守るためにこれと対決すべきであるとする主張で、すでに日清戦争直後から、ドイツ皇帝ヴィルヘルム二世らが盛んに唱えていました」

「その通りだけどね。日本人は忘れっぽいと言おうか、今の日本では三国干渉や世界大戦のことなんか覚えている国民は少数派だよ」

「明治は遠くなりにけり、というわけですね。私は明治生まれですが、三国干渉は生まれる前、世界大戦は小学生のころのことでした。それでも歴史を勉強して、ドイツと親しくした国はみんな損をしたことは知っている。敵をよく知るために敵国語を学ぶことにしたのが、敵に親近感を持つ結果になったとは皮肉なものですね」

そんなわけで、イギリスを仲介にした調停は進めることができず、軍部に受けのいいドイツに和平仲介を依頼した。だが、結局ドイツを通じた調停は不調に終わり、日本軍は首都南京攻略にとりかかった。

直輝は、不拡大派の石原少将が参謀本部から左遷され、陸軍が南京に向かって殺到しつつあった十一月二十日、国民政府が重慶に遷都する宣言を発表したという知らせを聞いて、焦燥感にかられて近衛総理と面談した。

「閣下、このままでは大変なことになります。当初の対支一撃論が破綻したことはすでに明らかです。上海攻略ができた以上、当初の目的だった居留民保護は達成されたはずです。第一次上海事変のときは上海周辺の敵を掃討したら停戦したはずです。ここで停戦できないと戦争はどこまで行っても終わりません」

「僕もそう思う。だが、総理大臣の僕が聞いても、統帥権独立を盾にとって、どこで止まるつもりなのか、軍部が教えないのだよ」

「そんな……、統帥権というのは純軍事作戦に関する統帥に限定された権限ではないですか。どうやったら外交交渉が有利になるかという観点から、ここで停戦したほうがいいというときには、軍部も政府の統制に従うべきでしょう」

「僕もそう思う。君も憲法学を多少は学んだはずだ。だが、学校で教える憲法学で言う統帥権と、軍部が言い張る統帥権とは違うんだよ。実際上、統帥権とは軍部の専横を押し通すための方便になっているんだ」

「じゃあ、このまま侵攻を続けて国家財政が破綻したらどうするんですか。支那でいくら連戦連勝し続けたところで、兵隊に与える食糧を買う金もなくなりますよ。そもそも国がやっていけなくなったら日本はおしまいじゃないですか」

「その通りだ。だが、軍部というのはまるで放蕩息子だ。金は出せと要求するが、なんに使うかはこっちの勝手にさせろというのだ」

「では、出さなければいいではないですか」

「そういうわけにもいくまい。兵隊は国民の子弟なのだ。政府が金を出さないせいで前線の兵隊が飢えに苦しんでいるなんて新聞に書き立てられたら、国民の怨嗟は政府に向かうことになる」

「まるで兵隊は軍部の人質みたいなもんですね。上海戦が一段落したあたりで、ドイツの調停がうまくいってくれればよかったんですがねえ」

「ドイツはいわゆる『武器商人』だ。日本と支那の戦争が長引けば長引くほど得をする立場にある。ドイツの調停なんか期待するのが無理というものだ。いずれ、蒋介石は本気で長期戦をやる気なのは確実だろう」

「では、長期戦にさせずに講和するには今が最後のチャンスと考えなくてはなりませんよ」

「どうういうことだね?」

「南京を攻略してしまったら、あとは支那が折れることは不可能になるでしょう。幼児誘拐犯人が身代金を要求できるのは人質を生かしている間の話であって、人質を殺してしまったら、子供を殺された親は復讐心をかきたてられるばかりになるのは、火を見るよりも明らかです。首都攻略も同じことです。南京は一応首都ということになっていますが、支那のような広大な国では、南京が陥落したところで国家機能が麻痺するような事態にはなりません。支那に何らかの講和条件を呑ませたいのなら、南京をいつでも破壊できる包囲攻撃態勢を取っておいて、攻略する以前に講和交渉をするほうが効果的に決まっています。南京を占領してしまったら、支那国民としては敵愾心をかきたてられるばかりでしょう」

「厳重に包囲態勢を固めて、いつでも攻めかかる姿勢を示して交渉せよ、ということかね?」

「そうです。蒋介石が長期戦体制構築のために、首都防衛を放棄するようだったら、支那側の蒋介石に対する国民的支持は失われるはずで、蒋介石としても日本軍の包囲を解くために兵力をつぎ込まざるを得ないはずです。敵の重要な都市を包囲して、解囲に来る敵を各個撃破するという戦術は、戦術の教本にも出ています。そのほうが、広大な支那大陸を逃げ続ける敵をどこまでも追いかけるよりずっと容易でしょう。僕でも知っているのに、どうして戦争が専門の軍人たちは急き立てられるように攻略したがるんでしょう?」

「新聞が、どの連隊が南京一番乗りを果たすか、なんてことを書き立てて、一番乗り競争みたいなことをあおっているからね」

「一番乗りが重要か、最終的に戦争に勝つのが重要か、わかりきったことではないですか」

「まあ、満州事変以来、日本軍が勝つのが当たり前だったしね、国民は日本が戦争に勝つのはすでに決まったことと思っているんだね」

「総理として、外交交渉を有利にするために南京攻略は待て、と指示はできないのですか?」

「無理だね。連中は戦争が専門で、戦闘に勝てば外交交渉も有利になるとしか考えてない。不拡大を唱えていた石原少将も軟弱と見られて左遷されてしまった。僕が何を言おうが聞く耳はない。南京攻略は時間の問題だよ」

# 泥沼

結局、年が明ける前に南京は攻略され、昭和十三（一九三八）年に入っても、莫大な戦費を費やして戦線は拡大され続けた。その年の五月二十六日、久松直輝がいつものように首相官邸に出勤すると、近衛首相は人払いをして直輝に内密の話があると呼びつけた。徐州が攻略されたのは一週間前のことだった。直輝は、それに関連した話だろうかと思いながら、近衛の執務室に入った。

「何のお話ですか。徐州攻略後、敵に講和の動きでもあったとか……」

直輝が話しかけると、近衛は顔の前で手を横に振って、直輝の話をさえぎって話した。

「いや、そんないい話じゃないよ。徐州が攻略されたからって屈服するぐらいなら、上海が攻略された時点でとっくに屈服していたさ。蔣介石のドイツ人軍事顧問団長のファルケンハウゼン中将なんか、支那は五十年戦争にも耐えられると豪語しているそうだ。このままだと戦費負担に耐えられずに日本のほうが先に屈服するしかなくなりそうだ」

「では、とくに内密な話とは何ですか」

「うん、長男の文隆がアメリカに留学しているのは知っているね」

「はい、間もなくご卒業の予定と伺っております」

「それがね、どうも卒業は無理らしいんだ。文隆から一年留年させてほしいと手紙が届いた」

「そうなんですか」

「どうも、ゴルフばかりやって学業にはさっぱり身を入れようとしないらしい」

「はあ、文隆君のゴルフの腕前は全米学生チャンピオンクラスという話ですね。それに、なんだか女性関係でもおかしな噂も飛んでいるようですね」

「なんだ、君の耳にまで入っているのか。そうなんだよ。なんでもニューヨークの不動産王の未亡人の若い燕（つばめ）みたいなことになってね、それが在米邦人の口さがない連中の間でずいぶん噂になってねえ、まあ、小遣いを言うなりに上げて甘やかした僕が間違っていたよ。その件はなんとかおさまったんだが、やっぱり学業はさっぱりでね」

「まあ、いずれ近衛家の跡継ぎとして日本の政界に重きをなすことを考えれば、学業なんかより、ゴルフを通じて米国上流社会に人脈を築いておくほうがいいかもしれませんがね」

「親としては、そんなことも言ってられないよ。君のような優秀な跡継ぎを得た、今は亡き久松伯爵がつくづくうらやましいよ」

　近衛は執務机に片肘をついて額に手をやって大きなため息をついたあと、話を続けた。

「まあ、それで、文隆には、卒業はできなくとも、今度の学期が終わったら帰国して僕の秘書として政治家としての訓練を積ませることにした。そこで、君に相談と言うのは、首相秘書官の先輩として仕事を教えることと、文隆の行動に目を光らせてほしいということなんだ」

「どういうことですか」

「どうも、わが息子ながら、文隆の放蕩には手を焼いていてね。留年させられないというのも、このまま親の目の届かないアメリカにいさせては、何をやりだすか心配だというのが本音だ。日本に帰国後も夜遊びにふけるのが心配なんだ」

「すると、閣下は総理としては軍部という放蕩息子に手を焼くいっぽう、父親としては文隆君という放蕩息子に手を焼いていらっしゃるわけですね。でも、文隆君のほうはそんなご心配に及ぶほどのことはないのではないですか。確か、文隆君は私より八つ年下でしたね。若いうちは多少羽目を外すのも人生経験かもしれませんがねえ」

「それが、僕としては例の予言が気になるんだ」

「一昨年伺った、上海の老婆の話ですか。総理になったら息子を殺す、というあれですか」

「うむ。大正十年の原敬首相暗殺以来、日本の総理大臣は頻繁に殺害されている。だが、総理官邸にはそれなりに警護がついている。二・二六事件の関係者には厳しい処罰も下ったし、僕自身、総理になって以来、警護なしに出歩くことは決してない。そう簡単に襲われることはないだろう。問題は文隆だ。アメリカみたいなつもりで警護もなしに夜遊びに出かけられると、総理大臣の息子として狙われる危険性がある」

「はあ、そういうことですか」

「無断外出などしないよう、しっかりお目付け役をしてほしい」

「はあ、でも文隆君も大人ですからね。窓から外に出て塀を乗り越えて出ていかれたら、どうしようもないでしょう」

「ううむ、あいつはそのぐらいのことはやりかねないからなあ。実際のところ、総理大臣の息子の命まで狙うやつはいないとは思う。だが、文隆のやつが夜中に誰にも行き先を告げずにいなくなった場合、大騒ぎになるだろう。それで女のところにいるのが新聞記者にでもかぎつけられたら、目も当てられない。年の近い君に、文隆と親しくなってもらって、身の危険を理解させて自重するよう善導してほしい。せめて、君にだけは行き先を告げるような関係になってほしい」

「そういうことでしたら、一応、努力はいたします」

七月二十八日、文隆を乗せた竜田丸が横浜港に入港した。直輝は、文隆の弟の通隆と、妹温子の夫細川護貞侯爵とともに出迎えた。細川は、学習院中等部で文隆の三年先輩で、留学前から親しくしていた。直輝も、文隆の留学前に住み込みの秘書となったので、すでに面識はあったが、親しいというほどではなかった。

半袖のポロシャツにゴルフズボン姿の文隆が、大きなトランクを右手に提げて、間もなくタラップを降りてきた。文隆は父の文麿と同じぐらいの長身だが、ゴルフのためにベンチプレスで鍛えた分厚い胸板はがっしりとして、健康そうに日焼けしている。出迎えの細川侯爵にスポーツマンらしい快活な笑顔を向けて言った。

「サダさん、なつかしいなあ。元気そうで何よりです。いや待てよ、年はサダさんのほうが上だけど、今は妹の婿さんなんだから、義理の弟ということになる。呼び方も変えたほうがいいですか?」

「いや、今まで通りサダさんで頼むよ。今さらボチさんをお兄様なんて呼べやしないよ」

「ハハ、そうですね。久松さん、ただいま帰りました。今後は秘書の仕事を教わることになります。よろしくお願いします」

「こちらこそよろしくお願いします。これからは首相秘書官として同僚ということになりますから、私の呼び方はナオさんぐらいでけっこうです。ボチさんも留学前よりずいぶんたくましくなりましたね」

　一行は、直輝が運転する車に同乗して、近衛公が昭和十二年に手に入れた「荻外荘（てきがいそう）」に向かった。通隆は助手席、細川と文隆は後部座席に座った。

「サダさん、今夜はどこか繰り出すんですか」

「おい、おい、ボチさんは独身だけど、僕は妻帯者なんだぜ。ボチさんの派手な夜遊びにくっついては行けないよ。それより、まずは僕の長男、ボチさんの甥と会ってくれよ」

　文隆は小さいころ「ボク」という発音ができず自分のことを「ボチ」と言ったので、「ボチ」があだ名となり、親しい者の間では今でも「ボチ」と呼ばれていた。

「ハハ、もちろん、荷物を置くためにも、ええっと何と言いましたっけ？　その西園寺公命名の……そう、荻外荘に行かなくちゃいけませんからね」

「公爵は、永田町に自宅を構えていたのですが、総理大臣になったら来客が激増して大変なので、週末ぐらいは閑静なところで過ごしたいということで、郊外に別邸をお求めになったのです。普段は総理大臣官邸で暮らして多忙にしていますので、親子の対面は今夜は無理と思います」

　直輝が説明すると、

「おお、それはよかった。いや今の発言はおもうさまには内緒だよ。帰国初日に顔を合わせたんじゃ、大学を卒業できなかった件について小言をくらうに決まってるからね。できれば何日か日を置いてから会いたいと思うのが人情だろ」

「ハハ、首相秘書官に必要な資質はいくつかありますが、口の固さも重要です。公爵にお仕えして十年、私の口の固さは信用していただいて結構です。ただ、公爵からとくに言われておりますので、お伝えいたしますが、近衛家嫡男、総理大臣の息子として、日本ではボチさんの一挙手一投足が国民の注目を集めるところとなりますので、くれぐれも軽はずみなことは……」

文隆は直輝にみなまで言わせず、顔の前で手を振って話をさえぎった。

「わかってます。言われなくともわかってますってば」

荻外荘では、母の千代子、すぐ下の妹昭子（あきこ）、細川夫人となった末の妹温子（よしこ）、および使用人一同がうちそろって文隆を出迎えた。温子は生後半年の長男護熙（もりひろ）を抱いていた。さっそく文隆は初対面の甥を抱き上げたが、丸々と太った赤ん坊は目を覚ますこともなく伯父に抱かれた。

「人見知りしないというか、こりゃあ図太いやつだ。神経質なお祖父（じい）ちゃんよりも、将来大物になるかもしれないぞ」

そう言って文隆は、のちに熊本県知事となり、総理大臣となる甥のほっぺたを人差し指でつついたが、それでも赤ん坊は気持ちよさそうに眠り続けていた。

その後、八月二日に文隆は正式に総理大臣秘書官の辞令を受け、心配された夜遊びもつつしんで、父の鞄持ちとして秘書官の仕事をこなした。

ようやく鞄持ちの仕事にも慣れてきたころ、九月二十六日、文隆は直輝とともに総理大臣執務室に呼ばれた。

「ボチ、久松君と一緒に支那に行ってきてほしい」

父から改まった口調でそう言われて、文隆にもこれは総理大臣の密命だとわかった。直立不動の姿勢で答えた。

「はい、おもうさまのご指示とあらば、支那だろうが米国だろうがどこへでもまいります。それで何をしてくればいいのでしょうか」

「表向きは、私の名代として前線部隊を慰問することだ」

「はい、それで、表向きでない任務は？」

「戦地の実情把握だ。軍部は統帥権独立を盾にして、総理大臣の私にも実情を明かさない。私に伝えられる報告はすべてきわめて楽観的なものばかりだ。報告の通りなら、事変はとっくに片がついていなくてはならない。このまま事変が長引けば日本の財政は破綻する。日本の国力が落ちてくれれば欧米列強、あるいはソ連の介入を招くなど不測の事態を引き起こしかねない。実際、七月には朝鮮に近い東部ソ満国境の張鼓峰（ちょうこほう）で国境線をめぐって軍事衝突が起きた。これは八月初めには落着したが、とにかく早く支那事変を収拾しなくてはならない。前線の実情を正確に把握し、事変解決の糸口をさぐるのが本当の任務だ」

「わかりました。必ずご期待に副（そ）えるよう努力いたします」

「久松君は上海育ちだ。きっとボチの力強い支えとなってくれるだろう。久松君、息子をくれぐれもよろしく頼む」

「はい、事変解決は多難かと存じますが、文隆君を無事に閣下のところに連れ帰ることに関しましては命に換（か）えましても果たす所存です」

こうして文隆と直輝は支那大陸に前線慰問に出かけることになった。関係部署に連絡をつけて、出発は十月十五日になった。早朝七時、東京の立川飛行場から陸軍の九七式輸送機で飛び立ち、途中福岡の雁（がん）ノ巣（す）飛行場に給油のために立ち寄って、夕方五時、無事北京西郊西（せい）山（ざん）飛行場に到着した。飛行場には北京駐在参事官堀内干城（ほりうちたてき）と北支那（きたしな）方面軍司令部参謀井川熊夫少佐が出迎えに来ていた。

型通りの挨拶のあと、一行は二台の車に分乗して北京（一九三七‐四五年、日本側の呼称）に向かった。案内されたのは、「首相名代」の宿泊所にはふさわしくない小さな日本旅館だった。

「目立つところですと支那の反日勢力の標的になりかねません。また、軍人のうちにも首相名代が慰問に名を借りて軍の行動を抑制しようとしているのではないかと考えて統帥権への容喙（ようかい）は許さぬとか息巻いている者もいます。こんな地味な旅館にご案内したのはそういう連中を刺激しないためでもあります」

堀内参事官は一流旅館を避けた理由をそう説明した。直輝と顔見知りの井川少佐は、

「どうですか、今夜よろしかったら、市内の料理屋で夕食をご一緒しませんか。七時ごろお迎えに上がります」

と、二人を食事に誘った。二人は宿に荷物を置いて、直輝は背広を着こんだが、今夜は正式の招宴でもないということで、文隆は赤いセーターにゴルフズボンというラフないでたちで、少佐の案内で中華料理店に向かった。

席に着くと、少佐は北京ダックと老酒（ラオチュウ）を注文した。

「いやあ、久松さん、また会えましたね。文隆さん、実は本官と久松伯爵は、去年お父様が総理になって間もなく、一度大陸視察に同行したことがあるのです」

「石原少将が参謀本部から左遷されて間もなく、井川大尉も参謀本部からどこかに出された

と伺っていましたが、少佐になって北支軍参謀になっていたとは奇遇ですね。では、少佐のご栄転を祝って乾杯といきますか」

　ちょうど酒が運ばれてきたので直輝がそう声をかけると、

「いやいや、昇進はしましたが、栄転なんてとんでもない。本官のほうも左遷ですよ。戦線縮小を唱えるような軟弱派は、軍中央には置いておけないという意味でしょう」

　と、井川少佐は顔の前で手を振った。

「では、お二人の再会を祝してということで乾杯しましょう」

　文隆が乾杯を待ちきれないという様子で杯を上げた。

「ほお、これが老酒という酒ですか。なかなかうまいですな」

　文隆が一息で杯を飲み干して声を上げた。

「文隆さん、なかなかいける口らしいですな。黄色い酒と書いて黄酒（ホアンチュウ）とも言いまして、支那の代表的な酒です。中支の紹興（しょうこう）の酒がとくに有名で、この色は酒のもろみに様々な薬草を加えてあるからで、その薬草の効果か、悪酔いしにくいと言われています」

「それは俗説で、老酒は麦麹を原料にして製造されるのですが、その精白が不十分だから黄色くなるというのが真相らしいです。あと、酒の色合いを好む風潮もあるので、砂糖を焦がしてつくるカラメルを入れたりしてわざと色をつけたりもするようです。もっとも、米も玄米のほうが栄養が豊富であるように、老酒の成分を分析すると、日本酒よりもアミノ酸が豊富だそうで、このアミノ酸が肝臓の代謝を高めるので二日酔いになりにくいらしいです」

「ははあ、去年北京に来たばかりの本官よりも、本場紹興に近い上海で育った久松さんのほうがお詳しいですな」

少し酒が回ったところで北京ダックの大皿が出てきた。

「これが有名な北京ダックですか。これも初めてです」

と文隆が言うと、井川少佐が食べ方を説明した。

「この餃子の皮みたいな薄い小麦粉の皮に、千切りにした野菜と薄切りのカモ肉を入れまして、このもろみ味噌風のたれをつけて食べるのです」

「ほほう、このたれがうまいですね。こいつは酒が進みそうだ」

「支那語では北京烤鴨（ペイジンカオヤー）と言います。上海の料理店で食べたことはありますが、さすが本場は違いますね」

「お二人に気に入ってもらえて、ここにお招きした甲斐がありました」

「明日の日曜は市内観光をして、あさって軍司令部に寺内寿一（てらうちひさいち）司令官を訪問する予定ですが、そこではあまり本音の話はできないでしょう。そこであえて少佐にお尋ねしますが、軍としてはこの戦争をどうおさめるつもりなのですか」

直輝が井川少佐に酒を注ぎながら尋ねた。

「それは痛いところをつかれますな。そういうことを考えている軍人はほとんどいませんね。考えているのはどうやって敵をやっつけるかということばかりです」

「日露戦争のときには、大山巌（おおやまいわお）元帥は奉天以北には決して軍を進めず、外交交渉による決着を促進しました。実際のところ、あの時点で日本の国力は限界に達していた。児玉源太郎（こだまげんたろう）満州軍総参謀長は、講和条件の内報に接して軍費賠償の一条があるのを見て、当時の総理大臣桂太郎（かつらたろう）閣下のことを『桂の馬鹿が償金を取る気になっている』と怒ったと伝えられています。講和条件を欲張って戦争を長引かせるわけにはいかない、とにかく早期講和をしないと日本の継戦能力がなくなってしまう、ということを自覚していたのです。軍人といえども、軍司令官ともなれば経済を含めた国家の全体を考えて戦争をする見識が必要でしょう」

「寺内軍司令官は日露戦争当時陸軍大臣だった寺内正毅（てらうちまさたけ）元帥の息子ですからね。そのぐらいの見識は備えていてほしいですが、本官の見るところ、寺内閣下も一般軍人と同じく、軍人の本分は勝つことで、それ以外のことは軍人以外が考えればいいとお考えのようです」

「内地の新聞なんかも、とにかく敵をたくさん殺すのがいいことみたいに書き立てていますからね。でも、いくら勝ったところで、その戦費は誰が負担するんですか。徐州を攻略したあと、軍は武漢作戦を進めていますが、今年の軍事費は三十二億円を突破する見込みです。

これは昭和十一年の国家予算総額二十三億円より約十億も多い。これをどう始末をつけるつもりですか。このままでは帝国経済は破滅です」

「そんなことを考えている軍人はいませんなあ。戦争でお国のために命がけのご奉公をした以上、外地で多少羽目をはずしても目こぼしされるのを喜ぶというのが、兵隊の反応ですな。上級将校にも、前線から司令部に報告に来ると、『垢落とし』と称して、北京の女郎屋に入りびたるのが少なくありません。お二人の宿を繁華街から離れたところにしたのも、将校連中の高歌放吟やご乱行が目に入らないようにという配慮もあったはずです」

　現地軍参謀となった井川少佐に戦線縮小の必要性を説き付けようとしていた直輝は、少佐のこの話を聞いて急に黙り込んだ。

「どうしました？　ナオさん」

　文隆が北京ダックを食べる手を止めて尋ねた。

「いや、少佐の話を聞いて支那の故事を思い出したんですよ。呉越抗争の話は皆さんもご存じでしょう」

「はあ、『十八史略』に出てくる話ですね。ボチは中学を出てすぐアメリカに留学したけど、一応中学時代の漢文で呉越抗争の段は読ませられたから知ってはいます」

「呉越抗争については、『春秋』、『史記』、『十八史略』など、支那の代表的な歴史書には繰り返し描かれています。呉が越を破ったとき、越王勾践(こうせん)は呉王夫差(ふさ)にひれ伏して和を請いました。呉王は、宰相・伍子胥(ごししょ)の反対を抑えて、越王を助命して講和した。その後、越は、富国強兵に努めたのに対し、勝利に慢心した呉王は贅沢と遊惰(ゆうだ)にふけり、人民をこき使うばかりだったので、呉は越に敗れることになったのです」

「はあ、そのぐらいは知ってますが、それが今回の事変と何の関係があるのですか」

「蒋介石が戦争を長引かせている本当の狙いはこれじゃないでしょうか。支那の占領地で日本軍が贅沢と遊惰にふけってくれれば、いずれ日本軍は腐敗堕落で自滅してくれるという目論見なんじゃないでしょうか。

呉越抗争の話は、日本人でも中学で教わるぐらいですから、文字が読めるぐらいの支那人は誰でも知っている。支那人はしたたかですからね。日本の軍人が勝ちに驕(おご)って遊郭で浮かれているのを横目に、今に見ていろと思っているかもしれません。

満州族に攻め込まれたときも、漢族は三百年にわたって夷狄(いてき)の支配を受けましたが、結局、夷狄王朝は贅沢と遊惰に陥り、自身の腐敗堕落のゆえに歴史の舞台から消え去ることになった」

「ははあ、どうも日本人は満人を支那人と同一視しがちですが、支那本来の漢族から見れば、満州族は夷狄であるわけですな。でも、夷狄に黙って三百年頭を下げ続けて、夷狄王朝の腐敗堕落による自滅を待つなんて、ずいぶんと気長なもんですな」

「よく大陸は地大物博と言いますが、土地が大きく物産が豊かな大陸では、時間の感覚も島国の日本人とは異なります。孫子曰く『夫れ兵を鈍らせ鋭を挫き、力を屈くし貨を殫くすときは、則ち諸侯其の弊に乗じて起こる。智者有りと雖も、其の後を善くすること能わず。故に兵は拙速なるを聞くも、未だ巧久なるを睹ざるなり。それ兵久しくして国の利する者は、未だこれ有らざるなり』。つまり、軍が疲弊し国の財貨もなくなったとなると、それまで中立を保っていた外国の諸侯たちもその困窮につけこんで襲いかかり、たとい味方に智謀の人がいても、とてもそれを防いでうまく後始末をすることはできない。だから戦争が長引いて国家に利益があるというのは、あったためしがないのだ、というのは孫子の昔からの教えです。戦争が長引いて日本の国力が低下したと見れば、必ず諸外国が襲いかかってくるでしょう。日本の軍人が支那で十年女郎屋通いをしている間に、その背後をソ連に突かれたらどうなるとお考えですか」

「いや、よくわかりました。実に背筋の寒くなるような話ですな。どれほど条件を緩めても講和を急がなくてはならない理由がよくわかりました。それにしても、本官などは漢文で呉越抗争や孫子の一節をいくら暗記しても、そういう知識と自分が今戦っている戦争と関係づけて考えるなど、まったく考え及びませんでしたが、さすが、漢籍の大家は考えることが違いますなあ」

「ボチも、おもうさまからナオさんは漢籍と歴史に詳しいとは聞いていましたが、聞きしにまさるとはこのことですね。ナオさんみたいな智謀の人がおもうさまについていてくれて本当によかったよ」

「いやあ、私が漢籍の大家だとか、それは買いかぶりですよ。だいたい、支那の歴史はおおまかにとらえれば、北方異民族との抗争の歴史です。これに対する伝統的な方策としては、ひとつは、夷を以て夷を制す、つまり蒙古族と満州族とか、蒙古族の中の部族同士とか、夷狄同士を争わせることです。もうひとつがこの、敵を攻め込ませて遊惰に誘って堕落させる方策です。北方蛮族が支那に攻め込んだ場合、蛮族は征服した漢人から金品を奪い、文明生活の贅沢と歓楽を享受するようになると、数世代のうちに蛮族らしい活力と好戦性を失ってしまうものです。武力だけで支那を征服した蛮族は、尚武の気風の喪失にともなって駆逐されてしまう。だから支那は幾度か蛮族に征服されても、せいぜい数世代ののちには蛮族を追い出すことに成功したのです。清朝が三百年も中国を支配できたのは、清朝貴族が中国の伝統や文化を尊重して漢人官僚を積極的に登用したからで、まれな例外と言えましょう。今日の場合はこの二つを組み合わせているとも考えられる。日本軍の占領を長引かせることで日本軍の腐敗堕落を誘うと同時に、国力が低下した日本に諸外国が干渉するように誘う、つまり洋夷（ようい）（西洋の夷狄）をもって倭夷（わい）（日本）を制するということになります。支那の文人なら、この程度の策略ぐらい、誰でも思いつくでしょう。日清戦争で負けて遼東半島を取られたときも、独仏露の三国干渉で取り戻すことに成功した。今度は満州事変で取られた満州を英米ソの三国干渉で取り戻そうという魂胆かもしれません」

「はあ、数千年にわたって北方異民族と抗争を繰り広げてきた支那の歴史というのは、すごいもんですねえ。それで、早期講和の必要性はよくわかったけど、ナオさんとしてはどの程度の条件なら早期講和が可能だと考えているんですか」

「私としては、事変前に国交調整のために考えていた条件、つまり、北支分離工作の中止、および冀東（きとう）政権の解消を事変開始後も堅持していればよかったと思います。事変後の現時点の情勢を踏まえて具体的に言えば、支那駐留日本軍を事変以前の規模に縮小して南京と北京に作った傀儡政権を解消することです」

「すると、今回の事変で日本軍が連戦連勝していることに対するごほうびは何もなしということですか」

井川少佐が不満そうに口をはさんだ。

「はい、戦争が長引いて困るのは日本のほうなのです。この程度の譲歩は致し方ないでしょう」

「しかし、それじゃあ、これまで増税に耐え、多数の戦死者を出して、戦争に協力してきた国民は納得しませんよ。暴動が起きるかもしれない」

「そこです。だから戦線を野放図に拡大しないことが大切だったのです。日本人は、どうも外交も勝負事と考えがちで、譲歩は敵に負けることとみなして、少しの譲歩もゆるさないところがある。海軍軍縮条約のときに、対米七割に固執して、六九・七五パーセントでも反対したようなことが起きる。外交交渉では、たがいに譲り合うのでなくてはまとまる話もまとまらないということがわかっていない。戦争を継続することが自分の不利益になることを度外視して、『勝てば官軍』でなんでもできるというような意識でいてはどうにもならない」

「じゃあどうしたらいいんですか」

と文隆が言うと、直輝はちょっと杯に口をつけてから続けた。

「まあ、どこかで支那軍が踏みとどまってくれるといいんですけどね。どこかで日本軍を撃退してくれれば、日本側の譲歩にも国民の納得を得られるかもしれない。でも、蔣介石が日本の占領を長引かして日本軍の腐敗堕落を誘う策に出ているのだとすると、蔣介石はどこまでも逃げ続けるでしょう。そうなったら、本当に国家が破産するまで戦費負担を続けざるを得ない。米ソは日本の国力が枯渇した時点を見定めて漁夫の利を得ようと参戦してくるでしょう」

「支那事変開始後、ソ連は支那と中ソ不可侵条約を結んで公然たる武器援助を行なっていますからな。それも日本と支那を争わせて、日本の国力消耗を狙っているというところかもしれませんな」

「日本と支那が戦争して誰が得をするか、考えてみましょう。勝てない相手と戦争しても、中国にとって得なことは何もない。東アジアの権益を日本と争いつつあるアメリカは、日本が中国との戦争で国力を消耗し、さらに軍需物資を日本が買ってくれることになるから得をする。イギリスも、中国で商業活動が阻害されるのは損ではあるが、ナチス・ドイツとの間が険悪化し、ヨーロッパで戦雲濃くなりつつある状況では、日独防共協定を結んでドイツに接近しつつある日本の国力が、戦争で消耗するのは歓迎するところでしょう。ドイツにとって支那はドイツ製武器の輸出相手国ですから、ドイツ製武器が大量に売れることになり、日本が完全に倒れてソ連に対する東方の脅威が消滅するというのでなければ、まあ、ドイツにとっても得です。日支事変で損をするのは、日本と支那だけで、ほかの全世界は得をするようなものです。でも、一番得をするのは、満州における日本の勢力拡大で直接脅威を受けているソ連です。事変によって、自分の手を汚さずに日本の国力を削ぐことができるし、支那をソ連の支援なしに立ち行かない状況に追い込むことにもなる。ソ連の代弁者である共産党が『抗日』を叫ぶのは当然です。しかも、共産主義というのは貧民に受ける思想ですから、戦火が支那全土をおおって国土が荒廃し、貧民が増えれば、共産主義の勢力拡大に絶好の機会を得ることができる」

「ふうむ、日本軍は防共とか反共とか言いながら、まるで共産党の手助けをしてやっているようなものですねえ」

井川少佐は腕組みをしてため息をついた。

「どうしても講和ができないなら、長期戦もやむを得ない。その場合、絶対に戦線を縮小しなくてはいけない。蔣介石にしてみれば、日本に戦線を縮小されるのが一番困るでしょう。戦線を縮小して占領経費を節減すれば、日本としても長期戦が可能になる。支那軍が日本側の占領地に攻め込んで勝つなど不可能ですが、支那人にとっては攘夷は絶対の正義ですから、国土回復ができないとなると蔣介石に対する国民の支持が失われることになる。あるいは全面撤退してしまうのもいい。蔣介石にとっては勝利ということになりますが、そのあとは共産党との内戦が始まる。すると蔣介石のほうから日本に協力を求めざるを得ないでしょう。日本が蔣介石を追い詰めたせいで第二次国共合作なんて事態を招いたので、日本が態度を軟化させれば、必ず中ソ提携は破綻します」

「文隆さん、久松さんは『智謀の人』程度の言葉では不足ですよ。実に諸葛孔明（しょかつこうめい）も顔負けの大軍師ではないですか。ぜひあさっての寺内閣下との会見では、その大戦略を披露していただけませんか」

「いや、そんなことをしたのでは閣下の面目をつぶすことになる。なんとか北支軍参謀がこの戦略を思いついたようにして、寺内閣下の手柄になるような形で戦線縮小の方向にもっていくほうがいいでしょう」

「実は、去年の八月ごろ、久松さんと同じことを石原少将が言っていました。少将の作戦の概要は、北部河北省および察哈爾(チャハル)省の主要地を占領して戦争持久に備え、北上する中国軍を迎撃しながら、海軍の南京空襲に期待して講和の機会を待つ、というものでした。石原少将は、この計画を陛下に上奏し、陛下からも『くれぐれも事を大きくせぬように』と少将を元気づけるようなお言葉を頂戴したとのことです。その石原少将が左遷されたのです。本官が戦線縮小など言い出したのでは、すぐさま閑職に左遷されてしまうでしょう」

「えっ、参謀本部作戦部長が立てた作戦とナオさんの考えが一致していたんですか。しかも、それは陛下のご意志でもあった。それなのに、どうしてその計画通りにしないんですか」

「だめなんですよ。軍人は華々しく戦って勝つことばかり考えて、長期戦に備えて戦線を縮小して持久するなんて消極的な方策は受け容れられないんです」

「だって、それが聖慮なんでしょう?」

「確かに軍人は天皇機関説反対とか言って、天皇の意志にはどんなことでもご無理ごもっともと従わなくてはならないと言ってはいますが、本官の見るところでは、自分の考えに反した聖慮は『君側の奸』の入れ知恵として無視し、自分の考えと聖慮が一致したときだけ聖慮を尊重する、というのが実態と言っていいでしょう」

「まあ、ボチさんのご先祖の藤原氏の摂関政治や、歴代幕府政治もすべてそうですからね。藤原氏の昔から、最も天皇を冒涜する者が最も天皇を崇拝していた。彼らは真に骨の髄から盲目的に崇拝し、同時に天皇をもてあそび、わが身の便利の道具とし、冒涜の限りを尽くしていた。天皇を廃絶して藤原氏や将軍家が自ら主権を握るよりも、天皇制のほうが都合がいいから天皇制が継続されただけのことです。自分が天下に号令するよりも、天皇に号令させ、自分がまずまっさきにその号令に服従してみせることによって号令はさらによく行きわたる。今の軍人も、心の底では天皇をないがしろにし、天皇を冒涜しながら、外面的には盲目的に天皇を崇拝しているのです。彼らが機関説を排撃するのは、本当に聖慮を尊重するという意味ではない。彼らの言う天皇絶対とは、帝国憲法の規定を吹き飛ばして、軍部の言うなりにしろという意味であって、軍部自身が天皇を自分たちの言いなりになる機関として利用するのはちっともかまわないわけです。実際のところ、これが日本歴史を一貫する天皇制の実相です」

「情けないけど、そう言われてしまえば、藤原氏の末裔たるボチとしては一言もないなあ」

三人は、その晩は祖国の多難な前途を思って痛飲した。翌日は市内観光をして過ごし、十月十七日、北支那方面軍司令部を訪問し、司令官の寺内寿一（てらうちひさいち）大将と面談した。寺内大将は見事な禿げ頭を光らせながら、満面の笑顔で、きちんと背広を着こなした首相名代の近衛文隆を迎えた。

「遠路はるばる現地まで足をお運びいただき、まことにありがとうございます。総理大臣閣下には、寺内は非常に感激していたとお伝えください」

「昨日北京市内を観光いたしましたが、事変前にずいぶん盛んだったと伝えられる反日運動はすっかり影をひそめたようですね」

「仰せの通り、北京市内のみならず、今は北支全体が皇軍の威令の下に完全に平定されております」

「では、今後の見通しはいかがなものでしょうか？」

「どうということもありません。すでに徐州も陥落しました。何の心配もないと総理にお伝えください」

そう言って寺内大将は呵々大笑（かかたいしょう）した。文隆が顔を赤くしてさらになにか言いかけようとしたのを直輝は目で制した。表敬訪問で突っ込んだことを言うのは礼を失するし、具体的な作戦計画は「統帥権独立」を盾にして明かさないに決まっている。文隆もそのぐらいはわきまえていて自制した。

その後、飛行機で内蒙古や北支各地の駐屯部隊を飛び回って慰問した。どこの部隊も、連戦連勝に意気盛んで、政府の不拡大方針は絶対に受け容れられないという雰囲気がみなぎっていた。

十月二十八日には、南京の中支那方面軍司令部を訪問して、軍司令官・畑俊六大将と面談した。ここで畑司令官から、武漢三鎮を攻略したことが明かされた。武漢三鎮とは、長江中流の近接した三つの大都市、武昌、漢口、漢陽の総称である。十一月三日の明治節（明治天皇の誕生日を記念する当時の祝日）を期して入城式が行なわれるので、ぜひ出席してほしいと要請された。文隆は、内地を出発するときは、前線慰問の旅は南京で終えて、あとは上海でしばらく過ごして帰国する予定だったが、予定を変更して入城式に出席した。そのあと上海でしばらく旅の疲れを癒やしてから、十一月二十日夕刻、立川飛行場着の飛行機で帰国した。

帰国から四日後、文隆と直輝は総理大臣執務室で、近衛首相と風見書記官長に今回の前線視察の報告をした。文隆は、現地軍の動向や将兵の言動など、見聞した情報を詳しく報告し、

「現地軍は、政府の不拡大方針など、まったく無視して戦争を続けようとしております。かなりの確率で重慶まで行くと思います。そして、万一皇軍が重慶に迫り、蒋介石が窮地に陥った場合、一番問題になるのはアメリカの出方です。彼らがこのまま手をこまねいているとは思えません」

と締めくくった。

直輝が支那の新聞を示してつけ加えた。

「この新聞に、蒋介石が武漢放棄に際して発した声明が出ています。蒋介石は、『敵は一時武漢を占領したが、それは十一ヶ月の月日を費やし、数十万にのぼる死傷者の犠牲を払わされた結果である。しかも敵が手に入れたのは焦土と空っぽの都市であった。敵は武漢でわが主力を撃滅して、短期決戦に勝つという重要目的に失敗した。今後われわれは、全面的抵抗を展開するであろう。わが軍の移動は、退却であろうと前進であろうと、制限されない自由なものとなるであろう。主導権はわれわれとともにあるであろう。これに反し敵は、何一つ得るところがない。敵は泥沼に深く沈んでますます増大する困難に遭遇し、ついには破滅するであろう』と言っています」

「武漢を落とされたというのに、実に意気盛んなものだね」

と父の文麿が言うと、文隆が応じた。

「まあ、日本軍も負けずに意気盛んですけどね。畑司令官閣下なんか、すぐにも重慶攻略にとりかかるみたいなことを言っていました」

「実際のところ、重慶攻略は容易ではないでしょう。揚子江（当時、日本では長江をこう呼んでいた）は、武漢までは大きな船が通行できますが、宜昌（ぎしょう）より先となると、小さな船しか通行できない。しかも、両岸は絶壁になっているから、ここに大砲を備えれば、揚子江を行く船は狙い撃ちになる。大きな大砲を備えた軍艦ならば、敵砲をつぶしながら行くこともできるでしょうが、そういう軍艦が通行できないのだから、揚子江を軍隊の補給路とすることはできない。兵力だって、予備・後備兵まで動員して師団の特設を重ねてきましたが、もはや内地に残る師団は近衛一個師団のみです。兵力も戦費負担も、これで限界でしょう」

　と直輝が今後の見通しを口にすると、風見が言った。

「こっちでは、武漢攻略の知らせを聞いて、大勢の国民が祝賀の旗行列をした。これで戦争は終わった、大勝利で終わったと思っているんだろうね」

「蒋介石の声明なんか、国民は知らないんでしょう。蒋介石はどこまでもやる気ですよ。たぶん、重慶を攻略されたって、チベットの山奥に立てこもって抗戦を続けるでしょう。そして、日本軍が占領した地域で、列強の経済活動が制限される事態を引き起こして、列強の介入を待つのが彼の戦略でしょう。蒋介石はいくら日本が勝ち続けたところで、日本はなんの得るところもないと言ってますが、いったい、軍部はなにを獲得する気で戦争しているんでしょうね」

「そのへんがわからん。勝つこと自体が目的みたいだね」

「勝つと国民が喜びますからね。でも、義和団事件の際の講和で、支那の主な収入はすべて賠償に充てられることになってしまっています。その義和団事件のときの賠償がまだ済んでいないのに、戦争で生産設備がずいぶん破壊されたあとの支那から賠償金なんか取れませんよ。領土を割譲させると言ったって、割譲させた新領土からどれだけの収入があげられるものか、大いに疑問です。ボチさん、日露戦争で獲得した関東州と満鉄から日本が受けた利益がどの程度のものか、ご存じですか」

「いや、知らないけど、日露戦争からはもう三十年にもなるから、ずいぶん儲けたんじゃないの?」

「ところが、収支を総体としてみると、一貫して赤字なんです。確かに満鉄は儲かっている。でも、満鉄は国鉄と同じで非課税企業だから、本国の税収は増えない。国鉄だったら、利益を新線増設などに振り向けるから、日本の鉄道整備が進んで、日本全体にとっても利益になるとも考えられるが、満鉄がいくら満鉄沿線の社会基盤整備に再投資しても日本の利益にはならないのです。満鉄が儲かって得をするのは満鉄の株主と職員、それに、圧倒的に支那人ですが、満鉄を利用する沿線住民だけなのです。だから内地と満州の資金の流れを全体として見ると、一貫して日本からの持ち出しになっているのです」

「そんな……それなら、どうして日本は満州の権益にこだわるんですか」

「私も非常におかしいと思う。満鉄につながって、内地に税金を納めることもなく、現地でうまい汁を吸っているような連中は満蒙の権益を非常に重要であるかのように内地で宣伝する。そういう連中が満蒙の権益を重視するのは当然ですが、内地の人までそれに乗っかって『東亜の盟主』とか格好をつけたがるのがおかしい。まあ、土地があるとなんとなく得な気になる心理があるんでしょう。でも、考えてみればわかるはずですが、人口希薄な土地がたっぷりあるのがいいのなら、どうして人は都会に出たがって、田舎で暮らしたがらないんですか?」

「なるほど、農村よりも都会のほうが便利だからねえ」

「日本と同じ島国のイギリスも、大陸のフランスと何度か戦争をした。その大きなのは、百年戦争として知られている。イギリスは、フランスと百年にわたって戦争をしてみて、民族的自覚のできた国民の住んでいる地域を異民族が支配することはできないことを悟ったのです。日本も、百年ぐらい戦争をし続けないと、戦争の無意味さを悟ることはできないのかもしれませんね」

「うーん、ボチはアメリカで高校を出たから、イギリス史とアメリカ史は勉強したけど、百年戦争と今次事変を結びつけて考えるなんて思いもよらなかったなあ。でも、確かに、百年戦争までは、イギリスは大陸に支配地を確保しようと努力したけど、ナポレオン戦争でも、先の欧州大戦でも、イギリスは戦争には勝ったけど、大陸支配には手をつけようとしなかった。それは百年戦争で本当に懲りたせいなのかもしれないねえ」

文隆がそう言うと、近衛首相はふさぎ込んだ表情で「百年……」と力なくつぶやいて押し黙った。

## 上海にて

近衛首相は以前にも何度かふさぎの虫にとりつかれることがあったが、それ以後、執務室で一人押し黙っていることが目立つようになった。支那事変が本当に百年経っても終わらないような考えにとりつかれてしまったのだ。そうなれば、それが日本の命取りになるかもしれない。老婆の予言の実現を恐れる首相は、なにがなんでも総理を辞任しなくてはならないと思うようになった。

翌昭和十四（一九三九）年一月四日、近衛首相は突然内閣を投げ出した。枢密院議長だった平沼騏一郎（ひらぬまきいちろう）男爵が後任の首相となった。湯浅倉平（ゆあさくらへい）内大臣が興津の坐漁荘を訪問して西園寺公の意見を聞いた。内大臣が平沼男爵を推すのを聞いて、西園寺公も「時勢どすな。やむを得まへんな」と言って嘆息した。

父文麿が首相を辞めて、文隆も首相秘書官の仕事がなくなった。とたんに夜遊びをするようになり、朝帰りが目立つようになった。その日ものんびり朝寝をしていたら、母親の千代子に叩き起こされた。

「ボチさん、いつまで寝ているんですか。おもうさまがお呼びですよ」

文隆が着替え洗面もそこそこに書斎に行くと、文麿はくつろいだ和服姿であちこちから頼まれた色紙の揮毫(きごう)をしていた。机の上に置いてある硯は、上海で買った、例の紛(まが)い物の硯だった。使ってみると、墨の磨り具合といい、筆先を整えるため硯を筆でなでた感触といい、実に満足のいく出来栄えである。そのうえ、少し揮毫に飽きたときに、硯に施(ほどこ)してある雲竜の彫刻を眺めると、それが気分転換になって、また集中して揮毫に取り組む気になる。本物の骨董品だともったいなくて実用には使えなかったかもしれないが、紛い物とわかって気軽に使える。近衛は、この硯が結構気に入っていた。文隆に背中を向けたまま揮毫を済ませると、文隆に向き直って言った。

「ずいぶん帰りが遅いようだな」

「はあ、どうも首相秘書官としての重責がなくなって緊張の糸が切れたと申しましょうか」

文隆は、大きな体を縮めて頭をかきながら言った。

「ボチぐらいの年ごろだと、仕事がなくては体を持て余すだろう。おたあさまからも、なにか朝からきちんと起きなければならない仕事をさせないといけないと泣きつかれた。なにか、ボチなりに、やってみたい仕事はないのか？」

文隆としては、もうしばらく休養を楽しみたい思いはあったが、父からそう言われては仕方がない。その場の思いつきで、

「昨年、現地軍の慰問視察に行って、早期和平の必要性を痛感しました。日支和平につながるような仕事ができればと思います」

と言った。

「ほう、ボチが支那問題に興味を持っていたとはな」

文麿はちょっと意外そうな表情を浮かべて、鼻の下のちょび髭に手をやってしばらく考えたあと、話を続けた。

「では、上海の東亜同文書院に行ってはどうだ？　あそこはボチのお祖父さまが創設なさった学校だ。今までは専門学校のあつかいだったが、今年から大学として認められることになっている。私もしばらく前まで院長を務めていた。あそこなら支那研究の資料もたくさんある。何か仕事を見つけてやろう」

そう言われては後に引けない。文隆は、門限の厳しい独身寮に入れられるのも嫌だったが、とにかく父親の監視下から逃れたくて、

「はあ、では、お願いします」

と返事をした。

《そして文隆は東亜同文書院に学生主事として就職することになり、二月に上海に旅立った。それからほんの数ヶ月後のことだった。そうだ、あれは桜が咲いていた時期だった。たぶん、昭和十四年の四月の初めだったはずだ》

近衛の想念は、板垣征四郎(いたがきせいしろう)陸軍大臣から電話を受けたときのことに飛んだ。

「ああ、公爵閣下、どうも電話で失礼いたします。閣下におかれましては大変お元気そうでなによりです」

板垣陸相の如才ない挨拶が耳に入ってきたとき、電話室の窓から見える庭の桜が満開だったことを、近衛は妙に鮮明に思い出した。前内閣で板垣を陸相に引っ張り出したのは近衛であった。平沼内閣にも無任所の国務大臣として参加している近衛は、今も閣議のときには板垣陸相と顔を合わせる。気心の知れた陸相を相手に、近衛も気楽に電話に応じた。

「ハハ、閣下こそずいぶんご活躍ではないですか。なにか政治向きの用件についてのご相談ですかな?」

「はあ、本日は私的な内密のお話でございまして、電話で話すのもはばかられますので、今夜銀座の料亭蜂龍(はちりゅう)にお越しいただけませんでしょうか」

「ふむ、今晩ですか。今晩なら別に会食の予定はありませんが」

「では、八時に蜂龍にお越しください。まことに失礼とは存じますが、女将には言い含めてございますので、新聞記者などに見つからぬよう、タクシーで裏口からお入りくださいますようお願いします」

「なんだ、ずいぶん仰々しいね。私のほうは総理を辞めて以来、新聞記者もつきまとわなくなったが、陸軍大臣がそこまで気をつかうならそのようにいたしましょう」

近衛は言われた通り、久松直輝に車を運転させて東京駅まで行き、マスクで顔を隠して車を降りて、駅に入ったあと別の出口から出て、タクシーで蜂龍の裏口に向かった。尾行の気配はなかったが、直輝はしばらく駅で時間を過ごしてから一人で帰宅した。

蜂龍の裏口には女将が待っていて、左右に視線を走らせて尾行がないことを確認するや、慌ただしく近衛を招き入れて板垣の待つこぢんまりした和室に案内した。

手酌で杯を口にやっていた板垣陸相は、近衛が入ってくると、座布団をはずして手をついてお辞儀をした。

「どうもお呼び立てして申し訳ございません。どうしても閣下のお耳に入れておかなくてはならないことができまして……」

「なんですかな？　ずいぶん厳重な国家機密のお話ですかな？」

近衛は、マスクをはずしてちょっぴり冗談めかして言うなり、席に着いた。

「まずは一献」

近衛は勧められるままに、日本酒を一杯飲み干した。ほどよい燗の上等の酒が腹にしみわたった。板垣はもう一杯近衛の杯に注いでから居住まいを正して話し始めた。

「今晩、お呼び立ていたしましたのは、ご令息文隆君に関することでして……」

「文隆は今上海におりますが、それが何か？」

「はあ、まことに申し上げにくいのですが、……いや、本官も酒の力を借りずにはお話しできませんで、先に一杯始めさせていただいておりました次第でして……」

「あれが何か陸軍のご迷惑になるようなことでもしでかした、ということですかな？」

近衛が板垣の杯に酒を満たしてやると、板垣は決心したようにぐっと杯を干して言った。

「文隆君は、公爵閣下が総理をお務めになっていた間に秘書をしていましたから、本官も面識はございます。なかなかの好青年とお見受けいたしました。文隆君自身の問題というよりは、そのつきあっている相手の問題と申しましょうか……」

「上海で、女ができたということですか」

「はあ、文隆君は若いですし、多少の夜遊びは致し方のない面もあろうかと存じます。ただ、その相手が、憲兵隊の情報では、重慶側に通じているとのことなのです」

近衛は言葉を発することができなかった。腹の中の酒も急にぬくもりを失って、全身に冷や汗がにじみ出るのが感じられた。

「このままでは文隆君も逮捕しなくてはならない事態となることも考えられます。いや、もちろん、誰に対してであれ、文隆君が重要な国家機密を漏らすはずもないとは思います。むしろ憲兵隊なら少なくとも文隆君に手荒なことはしないでしょうが、重慶側特務工作員に文隆君が拉致（らち）されて人質にされるようなことになりますと、非常に厄介なことになります。そこで、閣下が父親として、その女スパイから手を引くよう、穏便に説得していただけないかと存じまして、こうしてお呼び立てした次第であります」

その夜、文麿は、文隆とその女性の密会の様子や女性の素性に関する憲兵情報などを板垣陸相から伝えられてから、料亭を出てタクシーで帰宅した。杯は重ねたがさっぱり酔えなかった。床についてもなかなか眠れなかった。軍機保護法違反の最高刑は死刑である。息子がそんなことになったらという心配はもちろんだが、事は文隆個人の問題を超えている。そんなことになったら、「皇室の藩屏（はんぺい）」として千年余の伝統を受け継ぐ近衛家として、堪えられない大スキャンダルである。近衛は何度も寝返りを打ってため息をついた。

ようやく眠ったと思ったら夢を見た。

上海で会った巫術師の老婆が、近衛が寝ている寝台の足元にうずくまっていた。相変わらず目をつぶっているように見えるほどまぶたが垂れ下がっていたが、どこか悲しげな表情でじっと押し黙っていた。近衛は何か言おうとしたがどうしても声が出せなかった。汗びっしょりで目を覚まして、枕元の電気スタンドをつけてあたりを見回したが、老婆の姿はどこにもなかった。だが、どこか部屋の隅の暗がりに老婆がひそんでいるような気がして、電気スタンドを消す気にならず、朝まで眠れずに過ごした。

　翌朝、直輝が出勤すると、すぐに書斎に呼びつけられた。近衛が総理を辞めてからは、近衛自身も多忙でなくなり、秘書の直輝も、毎日荻外荘に顔は出すが、直輝の自室にあてがわれている部屋にこもって読書と思索の時間を持てるようになっていた。文麿の予定は直輝も把握しており、その日外出の予定がないことはわかっていた。板垣陸相との昨夜の会見で何かあったな、と直輝は見当をつけて近衛の書斎に入った。

「やあ、おはよう」

　その声にも元気がなかったが、直輝は近衛のやつれぶりに驚いた。たった一晩ですっかり老け込んでしまったように見えた。目の下には黒い隈ができて、白髪も増えたし、肌がカサカサに乾燥して、心労がしわになって顔に刻みつけられていた。直輝は朝の挨拶の言葉を返すことができなかった。

「ハハ、私の顔に何かついているかね？」

「いえ、閣下のご様子がただならぬもので……」

「うむ、実は昨夜板垣陸相から、文隆が重慶側の女スパイに取り込まれそうになっているという話を聞かされてね」

近衛は、昨夜の話のあらましを説明した。

「いや、文隆君も自分が背負っている近衛家嫡男としての責任は自覚しているはずです。どれほど心を許した相手にも国家機密を漏らしたりするはずはありません」

「僕も、その点はそんなに心配してはいない。問題は文隆が敵に拉致されて人質にされたりした場合だ」

「はあ、その場合は、おそらく……」

「うむ、文隆も、自分が人質として敵に利用される事態となれば、むしろ自決を選ぶだろう。そんなことは絶対に避けなくてはならない。だが、僕が上海に行ったのでは、新聞記者にかぎつけられて大スキャンダルになりかねない。久松君、すまないが上海に渡って事情をさぐるとともに、文隆に自重するよう説得してほしい」

「承知いたしました。必ず文隆君をお守りいたします」

直輝は、単身神戸経由で上海に渡った。

近衛公が院長をしていた昭和六（一九三一）年までは直輝も年に何度か同文書院に連絡に来ることもあったが、近衛公が院長を辞めて以来来たことはないから八年ぶりということになる。すでに西田教授は退職していたし、親しい知り合いがいるわけでもない。だが、学生時代の思い出の詰まった校舎は昔のままだった。とりあえず職員室に顔を出すと、文隆のほうが先に直輝を見つけて、なんの屈託もない様子で手を振った。

「ナオさん、どうしたの」

「いや、お父様から伝言があってね。内密の話がしたい」

「なんかお説教かな？　じゃあ僕の部屋に行きますか。院長官舎の二階です」

　文隆は先に立って直輝を案内した。

「いやあ、謹厳実直を絵に描いたような大内暢三（おおうちちょうぞう）院長と一つ屋根の下で暮らすというのは気疲れしますよ。どうもおもうさまからボチの監視を頼まれたらしくて、有無を言わせず院長官舎に住むようにされましてね。ああ、先に院長に挨拶していきますか」

　校舎内の院長室で、大内院長に面会した。近衛公から息子の様子を見てくるよう言われてきたとだけ説明して、直輝はあたりさわりのない挨拶をした。

　文隆の私室で二人きりになって、直輝は口ごもりながら話を始めた。

「ええと、何から話そうかな。そう、ボチさん今つきあっている女性はいるんですか？」

「えっ、いきなりそんな話？　うん、まあいるけど」

「その人はどういう人なんですか」

「支那人なんだけどね。鄭蘋茹、支那語で言えばティエン・ピンルーという名前でね、上海のナイトクラブのホステスの紹介で知り合ったんだけど、今じゃ、ボチさん、ピンルーと呼び合う仲さ。彼女の両親は、政府の移転とともに、今は重慶で暮らしている。父親は上海にいたころは国民政府でかなり高い地位の役人だったそうです。母親は日本人で、娘の彼女も日本語がペラペラでね。いつかナオさんにも引き合わせたいな」

「そうなんですか。では、たぶんその女性でしょう。上海の憲兵隊によれば、彼女は重慶側の間諜、つまり女スパイだということです」

「スパイだなんて……確かに彼女の両親は重慶で暮らしている。彼女自身自分が蒋介石政権を支持していることを僕に隠しているわけじゃない。そういう意味では重慶に通じていると言ってもいいだろうけど、日支和平を望むなら重慶とつながりのある相手と接触するのは当然じゃないですか」

「うーむ、確かにボチさんの言うのも一理ある。だが、それは非常に危険なことでもありますよ。重慶側特務組織としては、近衛家嫡男を人質にして、憲兵隊に検束されている仲間の釈放を求めたりといったことをしてこないとも限らない」

「危険は覚悟しているよ。もしボチをさらって人質にしようとしたらボチも決心はできている。万一のときのための毒薬は肌身離さず持っているんだ」

「えっ、いったいどこでそんなものを？」

　直輝が驚いて問いかけると、文隆は一段と声をひそめて言った。

「それを話すには、少しさかのぼって説明しなきゃね。実は、今陸軍の一部では国民党の大物汪兆銘（おうちょうめい）を日本の傀儡にしようとする策動を進めている」

「それは私も知ってます。汪が仏印（フランス領インドシナ＝現在のベトナム・ラオス・カンボジア）に脱出したのに呼応して、まだ総理大臣だった近衛公が声明を発して、親日的な政策をとる政権ができれば、新政権との間に講和を結んでもいいと言ったのは昨年暮れのことです。私としては、蒋介石以外を相手としてはきちんとした講和にはなるまいとは思っていますが、誰が相手であろうと、とにかく早期撤兵が一番重要なことだと思っています。その後、近衛公は内閣を投げ出してしまいましたが、現在もその方向で調整が進められているのは確かです」

「汪兆銘工作を進めているのは、参謀本部の元の支那課長で、支那派とされる影佐禎昭（かげささだあき）少将を中心とする一派なんだ。これに対し、同じ参謀本部でもロシア課では、蒋介石以外を相手にしても早期講和は期待できないと考えていてね。ソ連が満州との国境に兵力を増強している現状にあって、中国との戦争にいつまでも大兵をくぎ付けにされているわけにはいかない。そこで、ロシア課の切れ者小野寺信（おのでらまこと）中佐を昨年十月に上海に派遣して、重慶側と直接接触をしようと画策していたんだ。ボチはそっちのほうから接触を受けて、いざというときのために毒薬を渡されたわけ」

「そんな……陸軍では汪工作を進める一方で、蒋介石と二股をかけるような工作をしていたのですか」

「今、小野寺機関では、ＣＣ団の上海地下組織の大物と連絡を取っているんだ。ＣＣ団ってわかるよね？」

「はい、中央倶楽部、つまりCentral Clubの頭文字をとったとされる蒋介石の特務機関のことですね。そのボスは蒋介石の腹心の部下とされる陳果夫（ちんかふ）、陳立夫（りつふ）の兄弟で、ＣＣ団という名称には、陳つまり支那語の発音を英語表記すればChenになりますが、陳兄弟二人の頭文字という意味もかけてあるようです。今は、日本占領地域で、諜報活動をしたり、親日の姿勢を見せる支那の要人に対する暗殺なんかやったりしているという話ですね」

「そう、そのＣＣ団関係者が言うには、このまま日本と中国が長期戦を続ければ、日支共倒れになる。その場合、この戦争の廃墟から勝利を拾うものは日本でもなく、国民党でもなく、共産党になる。だから、ＣＣ団としては、早期和平の必要性を理解はしているんだが、それは国民党を挙げての和平でなくてはならない。国民党が分裂しての和平であれば、共産党にも日本側にも乗ぜられてしまうことは明らかで、だからCC団が本心早期和平を切望するとしても、分裂行動の汪兆銘に同調することはあり得ない。汪派の政府ができて、日本が汪政権を支那の正統政府と承認してしまったあとでは早期講和は不可能になる。その前に、なんとかおもうさまか板垣陸相を重慶側の大物との直接交渉に引き出したいということなんだ。で、ポチはその前段の下交渉に行こうかという話ができて、ピンルーはその手引きをすることになっているんだ。ポチも、早期講和以外日本を救う道はないと思っている。ポチはピンルーの誠意を信じているけど、もしピンルーがポチをだまして重慶側支配地域に連れ出して人質として利用しようとする気なら、その場合の覚悟もできています」

文隆がここまで覚悟を固めていることに直輝は驚いた。少し会話が途切れたときに、突然誰かがバタバタと階段を駆け上がってくる足音が響いた。ドアをノックしてやや慌てたような男の声がした。

「お話し中、すみません。玉沢です。近衛さん、ちょっといいですか」

「ああ、同僚の事務員の玉沢さんだ。なにか急ぎの用事かな？　いいですね」

文隆は直輝に同意を求めて、直輝がうなずくのを見てからドアを開けた。

「近衛さん、英語の電話です。なんか、アンバサダーとか言っていたので、英国大使館の人ではないでしょうか。プリンス・コノエという名前が何度か出たので、近衛さんへの電話だと思います。僕は英語はさっぱりなもので、とにかくテン・ミニッツ・アフターとだけ言って切っておきました。近衛さんはアメリカに留学していたんですよね。もうすぐまたかかってくると思いますから、すぐ来てください」

そこで職員室に行ってみると、間もなく電話がかかってきた。文隆が出てみるとまさしく上海駐在イギリス総領事館からの電話だった。なにやら流暢な英語でのやりとりがあったあと、電話を切ってから直輝に向き直って言った。

「ジョーンズという一等書記官からの電話でした。大使がボチに会いたいとのことだったから、明日の午後三時総領事館に行くことにしました」

「ボチさん、英語うまいですね」

「ハハ、ナオさんの支那語みたいに全然訛りのない発音というわけにはいかないけどね。ボチだって六年もアメリカで暮らしたんだ。普通の会話ぐらいはなんとかなるよ」

「なんの用事と言っていましたか」

「単に、前首相の息子が上海に滞在中と伝え聞いたので、一度お茶に誘いたいということだったけど」

そこで文隆は言葉を切って、にやりと笑って、

「たぶんそれだけじゃないと思うけどね」

とつけ加えた。

「そうですか。では明日私も同席させてください」

翌日、イギリス総領事館からの迎えの車は、約束通り午後二時半に東亜同文書院の正門前に止まった。あらかじめ大内院長から外出許可をもらっていた文隆は、ダークグレイの背広にオレンジ色のネクタイといういでたちで正門に向かった。紺の背広に水色のネクタイの直輝が鞄を持ってつき従った。

正門前には車の鼻先に英国旗を翻した大使専用車のロールス・ロイスが停車していた。文隆が門の外に出てきたのを見て、制服姿の初老のイギリス人運転手が出てきて後部座席のドアを開けた。助手席からは、眼鏡をかけた三十代半ばと見えるイギリス人が出てきて文隆にうやうやしくお辞儀をした。

「お迎えに上がりました。私は昨日お電話を差し上げましたジョーンズ一等書記官でございます。英国総領事館までお供させていただきます」

「私が近衛文隆です。こちらは近衛家の秘書で久松直輝伯爵です。本日、同行いたしましてもかまいませんでしょうか」

「おお、伯爵（コーント）！　大歓迎です」

文隆と直輝は後部座席に乗り込み、車は滑るように発進した。大内院長以外、この日文隆が英国総領事館から招待を受けていることを知らされていた者はいない。正門の近くにいた数人の学生とたまたま外出から戻ってきた玉沢がこの様子を目撃した。彼らは滑らかな英語で会話して、慣れた様子で高級車に乗り込んで走り去った文隆たちを呆然と見送った。

車は三時少し前、蘇州河にかかるガーデンブリッジの少し手前に建つ英国総領事館に到着した。車寄せには白髪の黒いスーツ姿のイギリス人が待っていた。直輝と文隆が車から降りると、すかさず握手を求めてきた。カー大使が自ら車寄せまで出迎えていたのである。カー大使は文隆たちを広々とした応接室に案内した。部屋の入り口から見て正面には大きな窓があり、蘇州河の流れと対岸にそびえるブロードウェイ・マンションを一望できた。昭和九年建築のこの高層ビルは、当時アジアで一番高いビルだった。もともと外国人向け高級アパート兼ホテルとして建築されたが、第二次上海事変で日本軍に接収され、今はビルのてっぺんには日の丸が翻っている。左手の壁には、三年前に崩御したジョージ五世の巨大な肖像画がかかっている。大使はその絵の下にあるソファを文隆に勧め、その左に並んでいるソファに直輝を腰かけさせた。自分は文隆の右に、窓に対面するように置かれたソファに身を沈めた。ジョーンズ書記官は少し離れたところにあるソファにかしこまって座った。

浅黒い肌をしたインド人のメイドが香り高い紅茶とクッキーを運んできて、文隆の前のテーブルの上に置いた。

しばらくお茶を飲みながら、文隆のアメリカ留学時代の話題などで歓談したが、やがて大使は何気ない様子で話題を変えた。

「それにしてもこの戦争はなんとかしなくてはなりませんな」

「まったく同感です。いつまでもこんな戦争を続けていてはわが国の国益になりません」

「お言葉を伺って心強く存じます。私が面談した日本の軍人たちは、そのように考えていない方が多いようでしたから。日本の国益に反するだけではございません。アジアの大国である日支両国が争うのは、わが大英帝国の国益に照らしても、まったく歓迎できません。さいわいにしてわが国は日支双方と良好な関係を保っています。及ばずながら、お役に立てることがあるのではなかろうかと考えております。いかがでしょうか」

と、文隆の顔色をうかがうような表情になった。文隆は今の話を直輝に通訳した。

「ボチさん、いい話だと思う。ボチさんの身柄の安全を大英帝国が保証してくれるなら、重慶に乗り込むことも悪くはない」

直輝にうなずいて文隆は大使に向き直って言った。

「具体的にはどのようなことですか」

「一昨年、前任大使の仲介がうまくいかなかったのは軍部にその話が漏れたせいではないかと考えまして、正式の外交ルートから話を進めるよりも、プリンスのような政局の外に立つ民間人でありながら、近衛公と内密の話もできる方と連絡をつけることにしたのです。あらかじめ重慶の了解はとりつけてあります。プリンスご自身が極秘裏に重慶に乗り込んで、蔣介石の言い分を聞いてほしいのです。そしてそれをお国に持ち帰り、お父上に伝えていただきたいのです。もし重慶にお越しいただけるのであれば、必ず日本側にとっても検討に値する和平案を提示すると、彼らは申しております。プリンス・コノエの安全は、大英帝国の名にかけて保証いたします」

大使は話を終えて、青い目で文隆をじっと見つめた。

文隆は、大使の言葉を直輝に通訳した。直輝はしばらく考えて言った。

「さすが、大英帝国の大使ですね。軍部に話が漏れれば、講和はうまくいかないことをよくわかっていらっしゃる。そこで、前首相の息子に目をつけて、蔣介石との直接会談を斡旋するとは……、これはやってみる価値があるでしょう。ただし、ボチさん一人を危険な目に遭わせるわけにはいかない。私も行きます。中国語の通訳として私もついて行くと言ってやってください」

文隆は大使に向き直って言った。

「いいでしょう。ただし、こちらの久松伯爵も同行させます。彼は十年以上近衛家の秘書を務めており、父の信頼も厚い。中国語もできる。彼を通訳として同行させることを条件に、大使のご提案を承諾いたします」

大使は満足そうに笑みを浮かべて立ち上がると文隆に握手を求めた。文隆も立ち上がると、大使はその右手をとって力強く握手して言った。

「了解です。勇敢なプリンスに神のご加護がありますように」

それから手を放して、ジョーンズ一等書記官のほうを向いて声をかけた。

「手配にどのぐらいの時間が必要かね」

ジョーンズは少し考えてから答えた。

「上海から重慶に行くには、香港経由が普通のコースですが、プリンス・コノエは目立つので、香港までお連れすること自体困難でしょう。ほかのルートをとるとすれば、日本軍の支配地域をどうやって通過するかが問題です。数週間、事によっては一ヶ月以上の準備期間を要するでしょう」

大使は文隆に向き直って、

「お聞きの通りです。準備が整い次第、何らかの方法で連絡します。くれぐれも身辺にお気をおつけになってご自愛くださいますよう」

と言って、再び固い握手を交わした。

同文書院に戻ってから二人で相談し、数週間の余裕があるということだから、直輝が東京に戻って事情を文麿に伝えることにした。

直輝は翌日上海を出港し、四日かかって東京駅に着くと荻外荘に直行した。

文麿と顔を合わせなかったほんの十日ばかりの間に、文麿はさらにやつれていた。

「久松君、文隆は無事だったか」

文麿は、直輝の顔を見るなり、せき込むように尋ねた。

「はい、お元気でした。文隆君は、決して重慶側の女スパイに操られているわけではなく、参謀本部ロシア課から派遣された小野寺という中佐と連絡を取りながら、重慶側と直接連絡する道筋をつけるために活動なさっているのです。今つきあっている女性は、確かに重慶側に通じていると言えば、その通りですが、誰に対してであれ、文隆君が国家機密を漏らすはずもありません」

「そうか、で、どんな女性なんだね?」

「私は、今回は会う機会がありませんでした。なんでも、父親が国民政府の役人で、母親は日本人で、その娘の彼女も日本語もできるとのことです。どうも平和が回復した暁（あかつき）には正式に結婚も考えているような口ぶりでした」

「えっ、そんな……」

「いやいや、これは文隆君の口ぶりから私がそのように推察したというだけの話で、文隆君がはっきり結婚したいと言ったわけではありません」

「そうか、ひとまず安心と考えていいのかね」

「実は……」

そこで直輝は、駐華イギリス大使からの提案の話をした。

「なにっ、いかん、絶対にいかん」

「閣下が親として、ご子息の身の安全について心配をするのはよくわかります。ですが、これは祖国の存亡にかかわることです。このまま長期戦となれば、戦費負担で帝国経済は破綻してしまいます。陛下もそのあたりをご軫念（しんねん）と仄聞（そくぶん）しております。近衛家が、皇室の藩屏としてお役に立てる機会です。大勇を発揮すべき時と存じます」

「だが、イギリスだって、日本のために和平を仲介するというより、自国の国益を第一にするはずだ」

「それはそうでしょう。上海のイギリス総領事館からは、ブロードウェイ・マンションに日章旗が立っているのがよく見えました。あれももとはイギリス資本だったのが日本軍に接収されたのです。事変が終わればあれも返還されるでしょうし、支那におけるイギリスの産業活動も回復する。そうしたことがイギリス側の狙いでしょう。しかし、だからこそイギリスは真剣に和平を仲介してくれることを期待できます。そのことは、一昨年前任のイギリス大使が和平仲介を申し出てくれたときにも議論して、閣下もドイツよりもイギリスのほうが信用できるとお考えだったではないですか」

「うむ、その後、共産党と合作して抗日戦を行なっている支那に、日独防共協定を結んでいながら軍事支援を続けている不信行為について、日本側から強硬に申し入れて、昨年夏にはドイツ人軍事顧問団も帰国してしまったからね。ドイツの軍事支援を受けている間なら、蒋介石もドイツの仲介を断りにくいという効果も期待できただろうが、今となってはドイツの仲介などなんの圧力にもならないだろう。軍事的には日本軍に押されっぱなしの蒋介石にとって頼みの綱は国際的支援だ。イギリスの和平仲介なら蒋介石にも大きな圧力となるはずだ。イギリス大使が『日本側にとっても検討に値する和平案』と言うなら、蒋介石も満州国承認ぐらいの譲歩はする気なのかもしれない」

「だったら……」

「それはわかる。だがね。私はボチのことが心配で全く眠れない夜が続いているんだ。寝床で目をつぶると、例の上海の占い婆さんが、自分の予言が的中するのが悲しいというような雰囲気をただよわせて、寝台の足元にうずくまっている気配がするんだ」

憔悴しきった近衛の顔を見ると、直輝はそれでも文隆を重慶に派遣すべきだとは言えなかった。

「わかりました。では、文隆君に今回はイギリス大使の提案に乗るのは取りやめるよう説得いたします。でも、これは早期講和の最後の機会かもしれません。もし先方が秘書の私でも構わないと言えば、私一人なら蔣介石と面談してきてもよろしいでしょうか。その場合、閣下の信任状など頂戴できますでしょうか」

「わかった。久松君、すまない」

「ああ、税関や検問で見つかるといけないので隠しやすいように小さな薄い紙に書いてください」

「わかった。それなら薄くて丈夫な雁皮紙（がんぴし）があるからこれに書くことにしよう」

そう言って近衛はその場で直輝に持たせる信任状を書いた。信任状を渡すときに自嘲するような笑みを浮かべて言った。

「千年以上にわたって皇恩をかたじけなくしてきた近衛家の当主が、今こそ皇恩に報いるべき時だというのに、あんな占いを気にして尻込みするなんて、さぞかし意気地なしと思っているだろうね」

「いいえ、むしろ深く感じ入りました。私は父の愛を知らずに育ちました。小さいころの私にとって、父親は写真の中でしか知らない遠い国の人でした。上海で平穏に母と暮らしていたのに、突然母から引き離されて日本に呼ばれ、厄介者だった自分が家の都合で引き出されたと思って、ずいぶん父に反発もしました。でも、今閣下のご様子を拝見して、私が上海に帰りたいとごねたときの父の表情を思い出しました。父は、遅ればせながら私に愛情を注ぎたかったのに、それが拒否されて悲しかっただろうと思います。死んでしまった父に、もはや孝養を尽くすこともできませんが、今回の任務は日支親善にかけた亡き父の遺志を継ぐことでもあります。必ず文隆君を思いとどまらせて、単身任務を果たして戻ってまいります」

近衛は椅子から立ち上がって、直輝の右手を両手で握りしめた。直輝も両手で握り返した。

## 蒋介石への密使

久松直輝は一晩だけ自宅に泊まって上海にとんぼ返りした。今度こそは本当に命がけの任務になるだろう。母の菊子、菊子に手を引かれた幼い長女の絹子、生まれたばかりの長男の一郎を抱いた妻の花子、それに二人の女中からなる一家総出の見送りを受けて、直輝は玄関先で万感を込めて「行ってくるよ」と言った。

上海へ渡るのは何度目だろうか。神戸を四月二十八日（昭和十四年）に出港し、東シナ海に出たのは二十九日の天長節（天皇誕生日。現昭和の日）だった。東シナ海の青い海も見慣れてしまった。直輝は、祖国の興廃を自分が背負っているのだと思うと、男子の本懐というような強い気持ちが腹の底から湧き上がってくるのを感じた。晴れ渡った大空とははるかに遠い水平線を甲板から見渡すと実に爽快な気分になる。おりからイルカの大群が汽船と競争するように泳いでいるのが見えた。波をくぐっては空中高くジャンプし、また波の下にもぐってジャンプを繰り返す。イルカたちも天長の佳節に直輝の壮途を祝ってくれているようだった。

　上海に着いたのは五月になってからだった。父の文麿がどうしても許してくれないという話を直輝から聞かされて、蒋介石との直接会談にすっかり乗り気になっていた文隆は、がっかりはしたが、直輝が代わりに行く決心であることを知って、助力を惜しまないと約束してくれた。

　五月七日の日曜日、東亜同文書院恒例の春の大運動会が挙行された。この運動会には、同文書院にゆかりの人々や、上海の要人・名士、職員・生徒の関係者など多数が訪れる。同文書院のみならず、上海在住邦人にとっても、一大イベントになっていた。この運動会に文隆は鄭蘋茹（ていひんにょ）を招待した。

　前夜そのことを伝えられて、初対面を楽しみにしていた直輝だったが、初めて彼女を見たときには本当に驚いた。年のころは二十歳（はたち）前後、卵形の小さな顔に大きな二重まぶたの茶褐色の目、絶世の美女と言っていい。すらりとした長身で、文隆も直輝も身長六尺（一八〇センチ）を超す、当時の日本人としては「規格外」の長身だったから、彼女を見下ろす格好にはなったが、並みの日本人男性なら彼女に見下ろされてしまうだろう。膝までスリットが入った藤色のチャイナドレスは体にぴったりとフィットして、優美な体形が見て取れた。

「どうしたの、ナオさん？　こちらが鄭蘋茹さん、ピンルーだよ。ピンルー、こちらはうちで長年秘書をしてくださっている久松直輝伯爵」

「鄭蘋茹です。ピンルーとお呼びください」

「ああ、いや、聞きしにまさるお美しさですね。つい見とれてしまってご挨拶が遅れてしまいました。これではボチさんがのぼせ上がるのも無理はない。ああ、ボチさんの恋人なら、私のことはナオさんと呼んでくださって構いません」

「まあ！　ボチさんから、ナオさんは、お目付け役としてお父様から派遣されたと伺いましたが、では、お目付け役公認の恋人としてお眼鏡にかなったと思って構わないのでしょうか」

「いやあ、お目付け役だなんて……ボチさん、私が上海を留守にしている間に、私のことをあなたにそんな風に説明していたんですか。まあ、いずれまた日本に帰国して父上の公爵にお目にかかったおりには、容姿も物腰も会話の上品さも、近衛家嫡男がおつきあいするのにふさわしいお嬢様だと申し上げることにいたしましょう」

「まあ、ナオさんって、女性へのお世辞もお上手なのですね」

すでに同文書院の職員は、職員室にも何度か顔を出したピンルーを見知っていたが、上海の邦人社会では二人の仲は知られていなかった。彼女の美貌と、文隆が終始自分のそばに置いてアツアツぶりを隠さなかったことと相俟って、二人は居合わせた邦人たちの注目を大いに惹くことになった。

五月十二日、再び文隆は英国大使から招かれて、前回と同様に直輝とともに大使専用車で総領事館に向かった。カー大使が前回と同じく二人を応接室に入れると、そこには先日は同席していなかった目つきの鋭いイギリス海軍の軍服を着た四十歳ぐらいの将校がいた。

「こちらはホワイト中佐です。上海脱出の手配については中佐にずいぶんお骨折りいただきました」

大使が中佐を二人に紹介した。紅茶の給仕を受けてから、中佐は流暢な日本語で話を始めた。

「さっそくですが重慶潜入の話をさせていただきます。準備は整ったのですが、問題があります」

文隆と直輝は目を丸くして顔を見合わせた。

「すごい、まったく外人の日本語みたいな訛りがない」

文隆が独り言のようにつぶやくと、中佐は満足げに話した。

「父が宣教師だった関係で、私は父の日本駐在中に、東京で生まれたのです。九段の暁星小学校を卒業しました。寿司とてんぷらが大好物です。イギリス料理がまずいのは、イギリス紳士たる者、世界に広がる大英帝国の植民地のどこに赴任しても現地の粗食に耐えることができるように、わざとそうしているのだというジョークがございますが、私は、寿司とてんぷらは、夢にまで見ることもございますが、イギリス料理の夢を見たことはございませんな」

二人が笑ってうなずくのを見て、中佐は話を続けた。

「私どもは、CC団とつながりのある国民政府高官の娘、かねてプリンスがご存じのミス・ティエン・ピンルーに上海脱出の手引きをしてもらう予定でした」

「えっ、ピンルーは英国総領事館とも連絡を取っていたのですか」

「プリンスにして、英国諜報機関の能力を見くびっていらっしゃったとは……まあ、諜報機関は、その存在すら気づかれないことが優秀さの証明と考えれば、今のお言葉は誉め言葉と受け取っておきましょう。そのミス・ティエンが日本の憲兵隊に目をつけられて身動きが取れないのです」

「そうか、先日あんまり目立つようなことをしてしまいましたからねえ。誰か別の人に手引きをさせることはできないのですか」

「怪しまれずに同文書院に連絡が取れて、上海脱出の手配をする地下組織の警戒を顔でパスできる人間は彼女しかいません」

その場に沈黙が流れたが、直輝がしばらく考えてから口を開いた。

「脱出は、何日何時どこで待ち合わせて、というわけにはいかないでしょうから、突然連絡する必要があるということはわかります。では、連絡役と手引き役を分けてはいかがでしょうか。連絡は彼女にさせて、文隆君と彼女は憲兵隊の尾行をひきつけるおとりになってもらうのです」

「と、言いますと？」

「彼女の連絡で文隆君が出てくれれば、憲兵隊の注意はそっちに向くでしょう。尾行を二隊準備してあるとは思えない。文隆君が外に出たあと正確に三十分で私が外に出ます。その私を拾って重慶に潜入させてください。私は近衛公の鞄持ちを十年以上やっております。文隆君よりも政治経験を積んでおります。蔣介石と談判するなら支那語のできる私のほうが適任と存じます」

「それはグッドアイデアと思いますが、重慶に行ったあとで、あなたが近衛公の信頼を得ているという証明ができますか」

直輝は、立ち上がって、部屋の入り口の帽子掛けにかけておいた中折れ帽の内側の折り返しに隠してあった信任状を取り出した。セロハン紙の包みをはずしてから中佐に手渡した。

中佐は中身をあらためて、直輝に戻して言った。

「なかなか巧妙な隠し場所ですな。よろしい。では、その線で実行することにいたしましょう。プリンスと伯爵はあらかじめ一週間程度の旅行に備えるような荷物を準備してミス・ティエンからの連絡をお待ちください。久松伯爵は、中国の田舎のインテリに見えるような長衫を着ていただきます。長衫はこちらで準備できますから本日受け取ってください。手引きをする者との合言葉を決めておきましょう。伯爵は中国語ができるのでしたな。正門から出たら東に向かってゆっくりと歩いてください。尾行がないことを確かめてから相手が話しかけてきます。そうしたら頂怎麼（ティエンツェンモ）？（てっぺんはどうだい？）と声をかけてください。相手は頂好（ティエンハオ）（素晴らしい）と答えます。それが合言葉です。連絡は、忘れたころに突然することになりますから、油断なくお待ちください」

それから二人は武官室に案内され、直輝が中佐から古ぼけた長衫を受け取った。

「本当はプリンスに着ていただくつもりで準備しておりましたが、お二人は体格が似ていらっしゃるから寸法は伯爵にも合うはずです」

直輝が着てみるとややゆったりした着心地だったが、袖や裾の長さはちょうどよかった。

「小さいころから中国でお暮らしだったとのことですが、さすがに見事な着こなしですな」

「どうやら、四月にこちらにお邪魔して、わずか一ヶ月の間に私の生まれや育ちに関して詳細にお調べになったようですな」

直輝が言うと、中佐はうやうやしくお辞儀して言った。

「伯爵からまで過分のお言葉を頂戴し、いたみ入ります」

直輝は長衫をたたんでカバンに詰めた。


それから二人は待機した。同文書院で、文隆は職員として日常業務をこなしながら、直輝は文隆の部屋にこもって漢籍を読みふけりながら、ピンルーからの連絡を待ち続けた。

六月七日午後五時少し前、職員室の電話が鳴った。玉沢が文隆を呼んだ。このごろは、ピンルーからの電話だとわかると、電話をとった者は相手が誰かを告げずに文隆を呼ぶ。逆にそれが周囲に文隆の電話相手をわからせることになってしまっている。

「ボチさん」

電話に出るや、ピンルーの切羽詰まったような声が聞こえた。

「ああ、会いたかったよ」

と文隆が言うと、

「急なことですみませんが、例の旅をする手はずが整いました。すぐに準備をして、春先にデートしたドッグレース場の入り口に来てください」

一方的にそれだけ言ってピンルーは電話を切った。

終業時間にはまだ少し間があるが、文隆は急用ができたと同僚に言うなり、脱兎のごとく

職員室を飛び出して院長官舎に戻った。息せき切って自室に飛び込むと、

「ナオさん、ピンルーから連絡があった。すぐに行かなきゃならない」

それだけ言うと、準備してあったボストンバッグをひっつかんで、普段執務時に着ている
ラフなゴルフウエアのまま部屋を飛び出そうとした。

「ボチさん気をつけて」

直輝は文隆を呼び止めて握手をした。

「ボチはおとりだ。大した危険はないさ。ナオさんこそ、頼んだよ」

文隆も直輝の右手を握り返した。

院長官舎の二階の文隆の部屋からは正門まで見渡せる。文隆がボストンバッグを持って大慌(あわ)てで正門を出ていくのが見えた。あれなら尾行の連中が見逃すことはないだろう。直輝は英国総領事館で渡された長衫に着替え、中折れ帽をかぶって、わずかな着替えを入れた旅行鞄を持って部屋を出た。文隆が正門を出てから正確に三十分後、直輝も正門を出て、東に向かってぶらぶらと歩き出した。

しばらく歩くと流しの人力車が寄ってきて、

「だんなさん、乗っていきませんか」

と声をかけてきた。この辺の車夫が話す上海語ではなく、北京語だった。直輝が、

「頂怎麼（ティエンツェンモ）？（てっぺんはどうだい？）」

と言うと、

「頂好（ティエンハオ）（素晴らしい）」

と答えた。直輝が乗り込むと、車夫は何も言わずに車を走らせた。

人力車はごみごみした小路に入って何度も道を曲がって進んだ。尾行に対する警戒もあるだろうが、これから行く場所がどこかを直輝にも知られたくないのではないかと思えた。

やがて人力車は古ぼけた支那家屋の前に止まった。車夫は何も言わずにそのドアを開け、あごで中に入るように合図した。直輝が中に入ると、車夫は無言のまま外に出た。ドアが閉められたので外は見えなくなったが、人力車を引いて立ち去る音がした。

「こちらへどうぞ」

奥のほうから支那語の声がした。目つきの鋭いやせた苦力（クーリー）風の身なりの男が手招きしている。導かれるままに裏口から外に出ると、そこは川に面していた。この川は黄浦江（こうほこう）だろうということはわかったが、上海育ちの直輝にも黄浦江のどのあたりかということまではわからなかった。どこか遠くから物悲しい胡弓（こきゅう）の調べが流れていた。裏口から階段を下りると船着き場になっており、細長いたらいを思わせる小さな船が待っていた。舢舨（さんぱん）と呼ばれる小舟だ。

黄浦江に舢舨が無数に浮かんでいるのは小さいころから見知っていたが、ちょっとつけば転覆しそうなこんな小舟に自分が乗ろうとは今の今まで考えたこともなかった。だが、ここまで来たら仕方がない。直輝が舟に乗り込むと、船頭は船着き場まで案内した男は乗せずに舟を出した。

すでに夕暮れになりかけていた。船頭は一言も発しないまま、低い舷から左右に出ている櫓を押して舟を進める。漕ぐというよりも水の上をパシャッ、パシャッと軽くかいて川の流れにまかせるという感じである。直輝も、船頭は事情を知らないただの雇われ船頭だろうと見当をつけて、無言のまま船底に座っていた。舟は緩やかに進み、やがて夜になった。

不夜城の上海の街の灯りも遠くなり、とっぷりと夜も更けたころ、小舟は三十トンぐらいの真新しい発動機船に近づいた。少し欠け始めた月があたりを照らしていた。どうやら黄浦江と揚子江の合流点あたりらしい。船頭が声をかけると数人の男が現れて直輝を発動機船に引っ張り上げた。長衫姿の四十歳ぐらいの支那人が直輝を天井の低い船室に押しこむように入れて、

「ようこそ、久松直輝伯爵ですな」

と、訛りのある日本語で話しかけてきた。船室は中央にテーブルが一つと、寝台兼用のベンチがその両脇に作りつけになっている。

「どうぞよろしく。私は支那語でちっとも構いません」

直輝はベンチに腰をかけて北京官話で応じた。

「いやあ、ここまでお上手とは思いませんでした。では中国語で話すことにいたしましょう。私がご案内させていただきますが、私の本名を明かすことはできません。どういう経路で重慶に行くかも、まだ明かせません。この船には船長一人と水夫一人、それに乗客が私と久松先生の二人だけしか乗っていません。私を呼ぶときはとりあえず張三とお呼びください」

そんな話をしている間にエンジンが音を立て始め、船が動き出した。揚子江の流れをさかのぼってかなりの高速で波を蹴立てて走っていく。波でゆれるので直輝は天井とベンチに手をついて体を支えた。

「どうも、夜が明ける前に上海からできるだけ離れたいもので、ここは急ぎます。夕食はまだでしょうが、このゆれですから食べないほうがいいでしょう」

張三の忠告は正しかった。ベンチに横になって毛布をかぶって眠ろうとしたが、エンジン音とゆれのためになかなか眠れない。そのうち激しい船酔いに襲われた。狭い甲板に這い出して、舷側につかまって水面に嘔吐する。若い水夫がそれを見て腹を抱えて笑っている。悔しいが船に弱いのは自分だけらしい。直輝がこれまで乗った船はすべて大型船ばかりだったから、こんなひどいゆれは初めての経験だったのだ。

翌朝すっかり夜が明けてから船はどこかの埠頭に着いた。直輝は憔悴しきって船着き場に上がった。それから迷路のような小路を通って小さな支那家屋の戸を叩いた。顔色の悪い若い女が出てきて部屋に通してくれた。

少し船酔いから回復した直輝は、女が出してくれた竜井茶（ロンジンちゃ）を飲んでようやく人心地がついた。

「ここからバスで常州（じょうしゅう）まで行きます。常州の手前には傀儡軍（かいらい）の検問所があって、抜けるには市民証が必要です」

「傀儡軍というのは、去年春にできた梁鴻志（りょうこうし）を首班とする維新政府の軍隊のことですね」

「そうです。私どもは維新政府の軍隊を傀儡軍と呼んでいます。そして、日本軍の占領地域を淪陥区（りんかんく）、重慶側の権力の及ぶ地域を自由区と呼んでいます。日本軍のほうでは自分たちの支配地域を和平区と呼んでいますが、和平が実現したというにはほど遠い実態で、日本軍のいるところからほんの十キロも離れれば、ゲリラが出没します。淪陥区と自由区の境界は流動的であいまいかつ入り組んでいて、日本、重慶、共産側それぞれのスパイが入り込んで、密輸商人も暗躍し、それぞれの部隊に必要な物資を調達したり、自分の地域の物産を売りさばいたりしています。確実にわれわれの支配が及んでいる地域に入るまで、まだ一週間ほどはかかるでしょう。そこまで行き着けば先生の安全は確実に保証します。でもこれから数日が一番危険なところです」

張三は安煙草に火をつけて、大きく吸い込んで話を続けた。

「傀儡軍の兵隊の腐敗はひどいもんですよ。日本軍の武力をかさに着て、やりたい放題です。こんな連中を下働きに使っていたのでは、どんな政権を立てたところで中国国民の支持は得られませんよ」

張三はポケットから薄汚れた書き付けを取り出した。

「日本軍としては、重慶側の地下組織の浸透を防ぐために要所に検問所を設けているんですが、連中は賄賂さえ出せばいくらでも目こぼしします。でも、常州の検問所は日本兵も見張っているので、非常に厳しいのです。これが久松先生の偽造の市民証です」

直輝は渡された市民証をポケットにおさめた。そこへ女がおかゆを持ってきた。

「バスが出るのは昼ごろです。食事をしたら、数時間ですが、眠るといいでしょう」

張三に言われて、一椀のかゆをすすると、疲れきった直輝は隣の部屋の寝台に寝転がるなり、前後不覚に眠り込んだ。張三がゆり動かすので目を覚ました。

「もうすぐバスが出ます。行きましょう」

バス乗り場に行くと先客がすでに十五、六人も乗って待っていた。直輝たちも乗り込んだが、すぐに出発するはずのバスが出たのはそれから一時間もあとだった。

二時間近くバスにゆられて、常州の城門近くの検問所に着いた。乗客は全員バスから降ろされ、薄汚い綿服の警察官が各自の市民証を検査する。次に二本の丸太で作られた柵の間を通って一人ずつ日本兵の前に出る。武器でも隠していないかと服の上から体をさわられる。それを通過すると今度は傀儡政権の警察官が荷物を調べる。密輸の取り締まりというのが建前だが、金目の物があったらちょろまかすのが役得ということらしかった。あとで直輝が荷物を確かめると、上等の英国製煙草がきれいさっぱりなくなっていた。とにかく、一行は無事城門をくぐることができた。

常州城内には、一年半前の上海から南京への追撃戦の際の破壊のあとがまだ生々しく残っていた。それでも城壁の修繕は多少とも行なわれており、ともかく人家が並んでいる。乗り継ぎのバスが出るまで少し間があったので、ここでようやく腹ごたえのある食事にありついた。バスは夕刻出発し、とっぷり日が暮れてからどこかの町に着いた。星が降るような晩だった。軒並びの店には灯りがともっていて、品物が豊富だった。どうやら日支双方の占領地域の密貿易の中心になっているらしかった。

宿屋には行かず、張三の案内で郊外の一軒屋を訪れた。ＣＣ団地下組織の同志の家だというのだが、主人は張三の顔を見るなり、なにごとか小声で話してそそくさと外に出て行った。中に入って薄汚いテーブルの周りに置かれた、背もたれのない椅子に二人で腰かけると、張三は小声で話した。

「厄介なことになりました。四日ほど前に、この町で共産側の密偵が二人、日本の特務機関に挙げられて、町に大掃除があったのだそうです。その側杖(そばづえ)を食ってこっちの同志も三人挙げられてしまいました。この町に特別の案内人が待っていてくれる手はずになっていたのですが、手入れを避けてその案内人が町を出て行ってしまったというのです」

「案内人なしで先へは進めないのですか」

「つい最近も、この近くで、船が共産ゲリラに襲われたんですよ。連中は地主やインテリを狙う。CC団の地下組織の人間だなんてばれたらなぶり殺しですよ。連中の残虐さときたら想像しただけで身の毛もよだつ。私は共産ゲリラに襲われた村を見たことがあります。地主の一家は女子供まで惨殺されていました。とくに地主は耳と鼻をそがれ、両目のまぶたを切り取られた状態で、逆さ吊りにされて、腹を裂かれてはらわたを飛び出させて死んでいた。たぶん、生きたまま逆さ吊りにされて、耳と鼻をそがれて、まぶたを切り取って目を閉じることができないようにしたうえで、家族全員がなぶり殺しにされるのを見物させてから、腹を切ってはらわたを引きずり出して、まだ息があるのを放置して立ち去ったのでしょう」

張三はぶるぶると体を震わせて話した。

「そんな……ひどいもんですねえ」

「予定していた案内人は共産ゲリラにも顔が利く顔役で、彼さえいればこの先の旅は非常に安全になるはずだったんです」

張三は腕組みをして考え込んだ。しばらく沈黙が流れたが、直輝が先に口を開いた。

「このままこうしていても仕方がない。とにかく少しでも重慶に近づくように旅を続けましょう」

「そうですね。ここにも手入れが入るかもしれない。今夜は町の宿屋で泊まりましょう」

外に出ると、いつの間にか風が強くなっていた。大陸は一日の寒暖の差が激しい。六月といえども、その晩は少し冷え込む夜だった。町で宿屋の場所を尋ねて、しばらく歩いて宿屋に着いた。この町の一流旅館という話だったが、壁板の隙間から星が見え、風がヒュウヒュウ吹き抜けるような宿だった。それでも、魚の煮つけや卵スープの食事をすると体が温まった。食事を終えると、宿屋のボーイが十七、八のあどけない顔をした娼婦をしきりに勧めたが、それを断って部屋に入って眠った。

翌朝、朝食を済ませて宿を出た。夜来の風もすっかりおさまって、よく晴れた穏やかな朝だった。道の両側に家が並んでいて、片側の家並みの隙間から川幅六、七メートルの川が見える。川から川霧が立ちのぼっていて、それが道路にまで流れてきている。道路の両側には、朝市が立っていて、羊頭を掲げて羊肉を売る店、豚頭を掲げて豚肉を売る店、周辺の田舎から野菜を売りに来た女たち、大餅(ターピン)を焼いて威勢のいい売り声を上げる餅屋、桶を並べて川魚を売る魚屋、こういった商人たちがところせましと店を出している。安く買い叩こうとする買い手と高値で売ろうとする売り手との間には、やかましい「掛け合い」の声が飛び交っている。直輝たちはその間を通り抜けて町はずれに近い船着き場に着いた。

すると、船はすでに出てしまったという。支那人で時計を持っている人は少ない。こんな田舎町となれば、町全体でも時計は数えるほどしかないだろう。バスの出発時刻が数時間ずれるのも当然ではあるが、たまに定刻より早く出てしまうのが困る。たった今出たばかりで、その曲がり角を曲がれば見えるはずだというから、直輝たちは大慌てで川沿いの道を駆けだした。確かに角を曲がったら船が小さく見えている。直輝たちは走って追いかけたが、道はところどころ川から離れてしまう。二十分ばかり走ったら、船頭が気づいて待っていてくれたのでなんとか乗り込むことができた。

この船は曳き船で、帆柱の先に長い綱をつけて、二人の人足が両岸に分かれて綱を曳いて行く。船があまり岸に近づくと船頭が竿で一押しする。船の中は十畳敷きぐらいの広さで、町に野菜を売りに来て帰る百姓女、田舎に物を売りに行く行商人、それに直輝たちのような得体のしれない男たちが、十五、六人肩を寄せ合って乗っている。川にもところどころ検問所があったが、市民証を提示するだけで通過できた。

川岸に立ち並ぶ新緑の柳の向こうから鶯が鳴くのが聞こえる。遠くの丘には赤いつつじが咲いているのが見える。どこに戦争があるのかというようなのどかな風景である。

直輝はかたわらの張三に声をかけた。

「まさしく晩唐の詩人杜牧（とぼく）の漢詩『江南の春』の風景ですね。

千里　鶯（うぐいす）鳴いて緑紅（くれない）に映ず
（見渡す限りの広々とした平野には鶯が鳴き柳の緑が花の紅に映えて美しい）

水村山郭酒旗（すいそんさんかくしゅき）の風
（水辺の村や山辺の町には、酒屋の看板に立てた旗が風になびいている）

たぶん、杜牧の時代とそんなに変わらない風景なんでしょうね」

張三は、直輝ののんびりした態度とは全く違って、岸辺に油断なく視線を走らせている。

直輝が話しかけても返事をするゆとりもないようだ。

船はいつの間にか川幅の広いところに出た。もう曳き船で進むことは不可能で、船頭が竿を押している。すでに日は傾いていて、斜めの光線が果てしなく水田が広がった大地を照らしている。白く光る帯のようなクリークが田圃（たんぼ）の間を曲がりくねって流れ、早苗の上を渡ってくる風が心地よい。クリークのところどころには水車小屋が設けられていて、茅葺（かやぶき）の屋根が田圃の間にぽつんぽつんと散在している。まばらに散らばった農家からはかすかに白い煙が立ち上っているのが見える。ときおり水鳥が岸辺の葦（あし）の茂みからばさばさと羽音をさせて飛び立つ。張三は鳥が飛び立つたびにびくっと反応する。共産ゲリラに対する恐怖は大変なもののようだ。張三のただならぬ様子に、直輝も緊張感を高めて、文隆から分けてもらった毒薬をポケットの中で握りしめた。

なんとか日が暮れる前に今夜の宿のある町に着いた。この町には日本軍はいない。町の裏の山の上に日本軍の陣地があり、日本の兵隊はそこから下りてくることはめったにない。町は傀儡軍だけで守られており、今偵察から帰ったばかりらしい一個分隊ぐらいの便衣（べんい）の傀儡軍の兵隊が小銃をかついで町を歩いていくのを見ると、いかにも前線の町という雰囲気がする。宿で張三が言うには、実際上傀儡軍と重慶軍との間にはめったに戦闘は起こらないのだそうだ。日本軍から命じられると、申し訳程度に小銃の射ち合いをやるが、普段は両方で姿を見ても何もしないという。この町も密輸ルートにあたっているので、町の平和を壊すことはお互いに不都合だからだ。

翌朝、張三は早朝に宿を出て、若い商人風の男を連れてきた。その男もＣＣ団の関係者だというが、隣村までは案内するが、隣村の重慶側挺身（ていしん）隊には知った人がいないからそこはなんとかごまかして通ってほしいということだった。

その男のあとをついて、畑の中の小道を突っ切ってしばらく歩くと、間もなく向こうの森陰に人家が見えてきた。あれが隣村だと言うなり、案内の男は立ち去った。村の入り口の橋のたもとに藍色の汚れた綿服を着た若い兵士が突っ立っている。こちらをちらっと見たが別に警戒する様子もなく、そのまま通行できた。ところが、村の街道を歩いて行ったら、突然モーゼル銃を持った四人ばかりの便衣の男たちが、建物の陰からばらばらと出てきて直輝たちを取り囲んだ。

隊長らしいのが、

「どこに行くのですか」

と言葉だけは丁寧に尋ねた。

「CC団の用事です」

と張三が答えると、隊長の態度は穏やかにはなったが、そのまま解放はせず、

「まあ休んでいらっしゃい」

と建物の中に招き入れた。お茶を出してくれたり、上海の様子を質問したりしたが、鋭い目つきで直輝をにらみつける。とくに直輝に不審を抱いているようだ。日本人と見抜かれたかもしれない。張三もそれを察してなるべく直輝に話させないようにする。

「こちらは南洋の華僑で、上海のCC団の活動に多額の寄付をしてくれたんです」

などと話すが、隊長の不審が解けた様子はない。なにか部下に命じて軍用電話で問い合わせをしていたが、しばらくして返事が来たと見えて、急に愛想がよくなった。

隊長自身が先に立って村はずれまで案内してくれた。

直輝は、その男の視界の外に出てようやくほっとした気持ちになった。

「さっきの隊長、どうもぞっとするような凄みのある男でしたね」

と直輝が言うと、

「わかりましたか。あれは藍衣社（らんいしゃ）の凄腕（すごうで）の殺し屋です。上海で、日本軍の占領後に市長になった親日派中国人が殺された事件をご存じでしょうか。その家のボーイに化けて住み込んで、市長を暗殺したことで有名な男です。日本の憲兵隊が血眼（ちまなこ）になって探している男ですよ」

「藍衣社というのも、上海で諜報活動や親日勢力に対する破壊活動などやっている組織ですよね。ＣＣ団とはどう違うんですか」

「藍衣社というのは、蒋委員長が校長を務めた黄埔（こうほ）軍官学校の出身者を中心とした組織で、そのボスが戴笠（たいりゅう）です。ＣＣ団は陳果夫、陳立夫の兄弟を中心に国民党で特務工作を行なう組織です。藍衣社は軍の特務工作組織で、ＣＣ団は党の特務工作組織と言っていいでしょう。どちらも反共で蒋介石支持で、同じようなことをしていると言えばその通りですが、だからこそ功名争いみたいなところもあるんです」

「ふうむ。日本軍も、陸軍と海軍は仲が悪いですし、同じ陸軍内にも派閥抗争がありますからねえ。日本も支那も、ルールに従って、公務員それぞれが個人として責任をもって仕事をするというより、ボスの言う通りに動く、ボスの間に功名争いがあって対立すると組織がうまく働かないという点は似てますねえ。これも、両国ともいわゆる縦社会の構造になっていて、法によってよりも上下の序列で秩序が保たれる仕組みになっているせいでしょう。上下関係がはっきりしていれば円滑に組織が動きますが、陸軍と海軍みたいに上下関係を認めない同士がつきあうことになると、相手の言い分を認めること自体が相手の下風に立つというような気持ちになってしまい、非常にぎくしゃくした関係になる。日本と中国が仲が悪いのも、日本の陸軍と海軍が仲が悪いのと同じような仕組みかもしれませんねえ」

「ハハハ、久松先生、おもしろいことをおっしゃいますねえ」

村を出ると、間もなく草深い野原になった。もとは田畑だったに違いないが、しばしば戦場となったので放棄されたらしい。道はだんだん勾配が急になってきて、向こうに見える山のふもとに続いている。山のふもとから人の群れが近づいてくるのが見える。

張三が、

「組織からの出迎えの者たちかもしれない」

とつぶやいたが、その通りだった。支那風の轎(こし)を三台、一台について四人がかりでかついでやってくる。先頭の轎(こし)には中山服(ちゅうざんふく)を着た中年の男が乗っており、ほかの二台は人が乗っていなかった。それに武装した護衛が三人つき従っていた。中山服というのは、孫文がよく着ていたのでその号の中山から名をとった服で、国民党の党員にとっては制服みたいな服である。中国が中華人民共和国となってからはほとんど全国民が着用するようになり、人民服と呼ばれるようになった。

　轎（こし）をかついだ一群の人々が直輝たちの間近に到着すると、先頭の轎に乗っていた男がゆったりとした動作で降りて、直輝の右手を固く握った。

「久松先生ですな。呉紹樹（ごしょうじゅ）です」

「呉紹樹？　では、あの三民主義青年団の……」

「おお、私の名前をご存じとは光栄です」

　張三が口をはさんだ。

「今まで秘密にしていて申し訳ありません。もし、日本軍の検問で捕まった場合、この近くに呉紹樹先生が来ていることが漏れることを恐れたのです。呉先生は、事変前は三民主義青年団の上海支部長でしたが、事変が始まって上海が日本軍に占領されたあとは、地下の上海市長と言っていい地位の方です。ここまでくれば久松先生の身の安全は大丈夫です」

　直輝たちは用意された轎に乗って先に進んだ。

　山の上の重慶側の前線司令部で降ろされて、宿に通された。久しぶりに風呂に入って、風呂から上がると食事が準備してあった。食事をしながら呉紹樹は話し始めた。

「重慶まではまだ長旅になります。蒋介石委員長とお会いになる前に、私どもの考えを話しておいたほうが、会見をスムーズに進めるための下準備になるでしょう」

「蒋委員長はお忙しいでしょうから、ぜひ呉先生からあらかじめご教示をお願いします」

「久松先生もおわかりでしょうが、いくら日本軍が連戦連勝を続けたところで、中国全土を占領することはできません。日本軍が占領地域を広げることは共産ゲリラの活動地域を広げてやっているだけでしかありません」

「そのことは、この数日間、最前線を通過してきた身として痛感しております」

「そこをわかっていただければ、早期講和の必要性は理解していただけますな」

「理解しているからこそ、一身の危険を冒してここまでやって来たのです」

「では、どうでしょう？　講和交渉の前に撤兵することはできませんか？」

「それができれば苦労はありません。勝ち続けの軍部に撤兵を呑ませるにはなんらかの日本有利の条件をみやげにしなければならないことをご理解ください」

「ふうむ、困りましたなあ。中国国内の強硬派に言わせれば、敵軍が祖国に居座っている状況で、交渉に入ること自体売国行為だということになっておりましてな。彼らを抑えるには、せめて第二次上海事変以前ぐらいの線まで日本軍が退いてくれないと……」

呉紹樹は腕組みをして口をつぐんだ。そこへ、部下が呉紹樹に電話が入ったと報せに来た。

呉紹樹は電話に立って行き、直輝はしばらく張三と二人きりになった。

「シベリア出兵のときも、日本軍は最後まで撤兵しませんでしたね」

張三が口を開いた。

「うん、まあ似てますね。あのときは日本軍は先の大戦の連合国の一員として出兵したのに、諸外国の軍が撤兵しても日本軍だけ撤兵が遅れました」

「日本軍は撤兵を退却とみなして、撤兵するのが恥だというような考えにとらわれているのではないですか。だから、駐兵を続けることがどれほど日本の負担になるとわかっても撤兵できない」

「そういうところはあるかもしれませんねえ」

そこへ、呉紹樹があたふたと戻ってきた。

「いけません。蒋委員長との会見はご破算です」

「えっ、どうしたんですか？」

「五月に、上海に汪兆銘がやって来たのは知っていますね」

「はい、それは知っています」

「六月に汪は渡日して、日本政府の中枢部と会見し、すでに日本は閣議で汪工作を正式決定したというのです」

「えっ、そんな……本当ですか？」

「どこからつかんだ情報かまではお教えできませんが、間違いない情報です。蒋委員長との直接交渉を進めようとしていた小野寺中佐参謀も、間もなく左遷されるということです」

「そんなことまでわかるんですか」


どうしようもなく、直輝は上海に戻った。二日かかって常州まで戻り、常州で張三と別れて、一人で夜行列車に乗って、上海に着いたのは六月十三日の朝だった。

職員室に顔を出して、とりあえず文隆の無事を確かめると、直輝は文隆の部屋に戻って短時間眠った。文隆が仕事を終えて部屋に戻ってきたときには、直輝は背広に着替えてぼんやり窓外を眺めているところだった。

「ナオさん、無事でよかった」

「ボチさんも無事で何より」

「ボチはいったん憲兵隊に拘束されたけど、翌日には釈放になった。憲兵隊はボチがCC団と接触していることを把握していたらしかったけど、ボチは単にピンルーと駆け落ちしようとしただけだということで押し通した。憲兵隊はずいぶんピンルーの居場所を白状するよう迫ったぐらいだからピンルーが捕まらなかったのは間違いないと思う」

「ピンルーさんはどうしましたか?」

「うん、その後連絡はない。本当に彼女の居場所は知らないんだ」

「こっちは重慶側の前線司令部にもぐりこむところまで行きましたが、すでに汪工作が閣議決定されたという情報が入って、蔣介石との直接会見は向こうから断られました」

「ああ、閣議決定の話は小野寺中佐の手の者から聞かされたよ。中佐は、五月末に一時帰国して、陸軍中央で直接交渉を力説したんだ。板垣陸相は、なにも今さら重慶に秋波(しゅうは)を送る必要もあるまいとは言いながらも、直接交渉ができればもちろん結構だとして、香港での直接交渉に承諾を与えたそうだ。ところが、小野寺中佐が板垣陸相の同意を得て上海に戻ろうとした同じころ、行き違いに汪工作を推進している影佐少将が上京した。そして、影佐少将は中央に汪工作を強力に働きかけ、結局六月に閣議で汪工作が正式決定されたんだ。とくにおもうさまが、板垣陸相に、軍は汪工作を進める一方で、直接交渉も進めようとしているではないかと、その二股をかけるやり方をなじったもので、軍中央では、小野寺中佐は軍機を部外者に漏らしたとして待命(たいめい)処分にせよとの声まで起こったらしい」

「えっ、公爵閣下が……」

「うん、おもうさま口が軽すぎるよなあ。それにしたって、おもうさまは前総理で、今だって対支工作担当大臣みたいな任務で入閣しているというのに、小野寺中佐が直接交渉についておもうさまに話を通じたって、『部外者』に軍機を漏らしたってことにはならないだろうにねえ。まあ、直接交渉を推進しようとした南京の中支派遣軍の参謀たちが小野寺中佐を擁護してくれたので、なんとか待命は免れそうだけど、閑職に左遷されて、上海の小野寺機関は解散になるという話だよ」

「それにしても、軍部は、小野寺中佐が近衛公に話を通じたことなんかに目くじら立てるよりも、東京の閣議の内容がＣＣ団に筒抜けになっていることのほうをどうにかしたほうがいいでしょうにねえ。おそらく汪兆銘グループには、今も重慶側とつながっている人物がいるに違いありません」

直輝は、いったん話を切って、少し考えてから、

「とにかく、当面事変の早期解決はできそうにないですね」

と、暗い表情で言った。

「おもうさまから電報があって、とにかく一度帰ってこいということだった。ボチはピンルーのことが心配でたまらないんだけど、ナオさん、とりあえず明日帰国することにしようか」

翌日、二人は上海を出港して帰国した。

荻外荘の書斎で直輝たちは文麿と三人で話をした。

「閣下、いったいどういうつもりで直接交渉の道を閉ざすようなことをなさったのですか。汪工作が正式決定されたら、重慶政府との直接交渉の道が閉ざされるのは、閣下もご理解いただけているはずですね」

さすがに直輝も憤慨の色を隠さずに近衛公に問いただした。

「すまん。私としては、閣議を直接交渉のほうにまとめようとして、参謀本部自身が直接交渉に乗り出そうとしていることを取り上げたつもりだったんだ。ところがそれを板垣陸相に話したとたん、やれ機密を部外者に漏らしたのがけしからんとか、おかしな方向に話が進んで、板垣陸相自身、直接交渉の内諾を小野寺中佐に与えたはずなのに、突然態度を変えてねえ。それにボチが上海の憲兵隊に捕まっただろう？　ボチが上海の重慶側地下組織の全容解明に協力しないようなら拘束を長引かせると脅しをかけられてねえ。閣議で陸軍の主張に同意すればボチを釈放すると言うもんでねえ」

「ボチはしばらく拘禁されるぐらい覚悟の上だよ」

文隆も口をとがらせて言った。

「だが、影佐少将の根回しは猛烈でね。陸軍はすっかり汪工作一本でまとまってしまったんだ。そもそも私は汪工作を開始した当事者だしねえ。支那に親日的な政府さえできれば陸軍も撤兵に同意するというんだから、撤兵さえすればとりあえず駐留経費は大幅に削減できる。占領が長引くことに対する国際的非難も解消される。悪い話じゃあるまいと思ったんでね」

「日本が後ろ盾になって親日的な政府ができたところで、それは中国人からは日本の傀儡政権とみなされるだけです。反日破壊活動は決しておさまりはしませんよ。結局在留邦人保護のための駐留は継続せざるを得ないに決まっています」

「うーむ、そうなるかねえ」

体を縮めて頭をかいてすまなそうにする文麿を見ると、直輝もそれ以上とがめだてすることもできなかった。文麿は話題を変えようとするように、顔を文隆のほうに向けて言った。

「ところで、ボチの相手の女性というのはいい女か？」

叱られた子供みたいにしょんぼりしていた文麿がうってかわっておどけたような表情で尋ねるので、文隆も噴き出しそうになってしまった。

「はい、それはもう……是非おもうさまにもお引き合わせしたいです。そのためにも早期講和を実現したいと願っております」

# 流れ星

その後も久松直輝は近衛公の秘書として職務をこなしたが、もはや事変の早期解決の道は閉ざされたように感じられて、鬱々（うつうつ）とした日々を送るようになった。とくに、直輝が命がけの任務に着いている最中に、近衛公自身がそれをぶち壊してしまうようなことをしたことが、心に癒やしがたい傷を残した。

八月になって最初の日曜日、近衛公はゴルフに出かけたが、一緒にゴルフをする木戸侯爵の車で行くというので、直輝は運転手の役目を免ぜられて浴衣（ゆかた）姿のまま家でごろごろしていた。

昨年生まれたばかりの長男一郎はまだ母親の手を離れられないが、五歳になった長女の絹子は父の直輝が家にいるのがうれしいらしく、ままごとの相手をしろとまとわりついてくる。妻の花子は一郎を抱いて、二人がままごと遊びをする様子を笑顔で眺めていたが、ふと真顔になって言った。

「旦那様、最近お仕事が楽しくなさそうですね」

「仕事なんて楽しくないのが普通だろう」

「私にはお仕事の内容はわかりませんが、お仕事が楽しいかどうかはともかく、旦那様のお仕事に対する熱意は私にも伝わりました。最近の旦那様はお仕事に出かけるときに投げやりな雰囲気があります」

直輝は妻の女の勘の鋭さに舌を巻いた。

「お前にそこまで言われては隠しようもないな。実はもう仕事にさっぱりやりがいが感じられなくなってね」

花子はきっぱりと言った。

「では、お辞めください。私も最近の旦那様を見て、このままお仕事を続けていては、旦那様のお心持ちがダメになってしまうような気がしておりました。私はお仕事に真剣に取り組む溌溂（はつらつ）とした旦那様をお支えしたいのです」

「だが、うちは伯爵家と言っても、利息で生活できるほどの財産があるわけではない。この家屋敷は人に売ったり借金の抵当にしたりすることを禁じられた伯爵家の世襲財産だ。公爵秘書としての収入が途絶えたら、たちまち干上がってしまう」

「ここにお嫁に来るときに父が持たせてくれたお金がございます。一年や二年は無収入でもやりくりできます」

直輝は妻の顔をあらためて見直した。自分が一家をささえているつもりだったが、妻にささえてもらっていたことを思い知った。

「よし、わかった。明日、公爵に辞職を申し出ることにするよ」

翌日、直輝は近衛公爵に辞表を出した。

「久松君、これはどういうことかね」

近衛は血相を変えて問いただした。

「はい、一身上の都合で閣下の秘書を辞めさせていただきたく存じます」

「だから、その一身上の都合とはどういうことか、と聞いているんだ」

「はい、私には、汪工作はすでに北支や中支で失敗が明らかになっている傀儡政権づくりと同じ結果になるとしか思えません。支那の民衆は傀儡政権には従おうとせず、日本軍の占領地から少し離れたところでは、ゲリラ活動が活発に行なわれています。こんな治安状況が続く限り、汪政権ができたとしても撤兵は不可能でしょう。私が閣下にお仕えしても、もはやお役に立てることはないと思われますので、辞めさせていただきます」

「そうか、よくよく考えたうえでの結論なら、引き留めることもできないだろう。今後の身の振り方は考えてあるのかね」

「はい、これから探しますが、どこかの中学校で漢文教師の口でも見つけたいと思っています」

「君ほどの漢籍の大家が中学校の漢文教師ではもったいない。いずれ君が四十を過ぎたら貴族院議員への道をつけてやるつもりだったが、まだ若すぎる。それなら、どうだね。東亜同文書院で漢文の講師になる気はないかい。母校で教鞭をとるというのも、悪い話ではないと思うが……」

「閣下、自分のような浅学菲才（せんがくひさい）の若輩を漢籍の大家などと買いかぶっていただき、まことにありがとうございます。それでしたら願ってもないことです」

「よし、では僕が話を通じておくから、夏休み明けの九月に向こうに顔を出すといい。君の献策は常に的確だった。自分でもなんとか君の献策を活（い）かしたいと努力したのだが、どうにもできなかったのは、僕の不徳の致すところだ。是非、同文書院の後輩たちに、支那の歴史や孫子の兵法を教えて、武力で勝ちさえすれば『勝てば官軍』でなんでもできるというような世間の風潮を改めさせるよう努力してくれ」

「長年お世話になりました。閣下もお体を御大切に」

こうして直輝は近衛の下を去って大陸に渡ったのである。

＊

昭和二十年十二月十六日の荻外荘では、冬至間近の長い夜も、そろそろ明けようとしていた。長い回想にふけっていた近衛文麿は、遠くシベリアから吹きつける冬の季節風が窓をガタガタとゆらす音で我に返った。その冬のシベリアでは、文隆を含む数十万の日本兵が強制収容所に入れられ、ろくに食事も与えられずに過酷な重労働をさせられて、すでに栄養失調などで多数の死者が出ていた。だが、文麿はソ連の捕虜となった抑留者たちがどんな扱いを受けているのか知らなかった。近衛にとっては、窓をゆらす風も、息子からの風の便りなのでは、と気を回させる効果はなく、孤独な回想を中断させる役を果たしただけだった。

《もう、夜が明けてしまう。いくら昔のことを振り返ったところで、もう取り返しはつかない。日本は確かに戦争に負けた。国中いたるところ焼け野原だ。あの上海の老婆の予言は的中と言っていいかもしれない。いや、だが、このまま滅ぶことはないだろう。日本は必ず復興する。それを見届けることができないのが無念だ。それに文隆は死んではいないぞ》

近衛は、前夜、と言うよりは、日付は変わったが夜は続いているから、今夜と言うべきかもしれないが、その晩山本と後藤が腰かけていたソファの間に置かれた小卓のからくり引き出しを開けた。この小卓には、仕掛けを知らない者には開けることができない特殊なからくりが仕込んである。小卓の天板の寄せ木細工のある箇所を押し込むと、鍵がはずれて、引き出しを開けることができるようになっている。そこから茶色の小瓶を取り出して小卓の上に置いた。それから引き出しをもとのように閉め直して寝台に背を向けるようにソファに腰を下ろした。

小瓶のキャップをはずしてまさに飲もうとしたそのとき、どこからともなく甘い重苦しいようなにおいがした。麝香のにおいだと気づく間もなく、そのにおいは部屋全体に立ち込めた。不意に背後にあの巫術師の老婆の気配を感じた。この部屋で、何度かあの老婆の気配を感じることはあったが、一度も実際に目にしたことはなかった。だが、今度は確かにいると感じた。後ろを見てはいけない気がしたが、どうしても振り向いてみたくてたまらない。つい振り向いてみると、まさに老婆が寝台の脇にうずくまっていた。

電気スタンドは寝台と洋服ダンスの間にあり、老婆はその反対側の暗がりにうずくまっていた。いつも近衛が老婆を思い返すときにそうであったように、顔はうつむけ気味で、まぶたは目をつぶっているかのように垂れ下がっていた。ところが近衛が振り向いたら、ゆっくりと顔を上げて、突然かっと目を見開いた。その目は顔に対して不釣り合いに大きく、まるで眼球に赤い電球でも仕込んであるかのように、黒目と白目の区別もなく目全体が赤く光っていた。
《これは幻覚だ。ただの幻覚だ》
　近衛は自分がはっきりと目で見ているものを否定しようとしたが、腹の底から恐怖が湧き上がってくるのをどうしようもなかった。それは理屈ではない。子供が暗闇に対して本能的に感じるような恐怖だった。大人がどんなに怖がる必要はないと子供に言って聞かせても恐怖を打ち消すことができないように、近衛も、これはただの幻覚だといくら自分に言って聞かせても、恐怖を打ち消すことはできなかった。
　老婆はうずくまったままなのに、なんだか自分に近づいてくるような気がした。老婆の目は一段と大きく見開かれ、地獄で亡者が落ちてくるのを待ち構えているという煮えたぎる血の池が老婆の目の向こうで大きく口を開けているかのように、灼熱して赤々と光り輝いた。激しい恐怖に襲われた近衛は、毒薬の瓶をつかんで、老婆から逃れようとするかのように、中の毒薬をあおった。次の瞬間、老婆は口元をゆがめてにやりと笑った。その口からはヒヒヒという不気味な笑い声が漏れ、さらに口は大きく開かれて激しい哄笑が部屋全体に轟きわたった。老婆の哄笑をはっきりと聞きながら、近衛の意識は遠のいていった。

＊

ちょうどそのころ、シベリア沿海州のウォロシーロフ（現ウスリースク）にほど近いノヴォシニコリスクの強制収容所で、近衛文隆陸軍砲兵中尉は、窓から射し込む月光が顔に当たって眠りを破られた。その後なかなか寝つけなかった。月光が顔に直射するのを避けて顔をずらすと、月に負けずに星が美しく輝いているのが見えた。そこに一条(ひとすじ)流れ星が流れて消えた。

文隆はピンルーのことを思い出した。最後の電話のときに「ボチさん」と言った、切羽詰まった様子の彼女の声が、なつかしい美貌とともにはっきりと思い出された。ピンルーの死を知らされたのは、満州阿城(あじょう)重砲部隊に勤務していたときのことだった。昭和十五年三月に入営して、幹部候補生になるための勉強に精を出していたころ、六月に直輝が訪ねてきて、前年暮れにピンルーは死んでいたことがわかったと知らせてくれたのだ。汪政権側の特務工作部のボス丁黙邨(ていもくそん)を暗殺しようとして返り討ちに遭(あ)ったのだと聞かされた。あのときはつらかった。自分が心底ピンルーを愛していたことを思い知らされた。

星が流れるのは誰かが死んだのを表すとかいう話だが、ピンルーを突然思い出したのも、流れ星のせいだったのかもしれない。

そう言えば、ナオさんはどうしているだろうか。ナオさんが言った通り、日本の兵隊が支那で何年も女郎屋通いをしている間に背後をソ連に突かれて、ボチも捕虜にされてしまった。戦争が長引けば国力が衰えた時点を見すかして諸外国が襲い掛かってくるものだという孫子の言葉は、実に名言だったな。

そんなことを考えている間に文隆は眠ってしまった。

その日の昼食のときに、終戦までハルビン総領事だった宮川船夫（みやがわふなお）から、父が自決したというニュースを知らされた。ロシア語のできる宮川が、収容所内の散歩から帰る途中、看守たちの休憩室から流れてくるラジオのモスクワ放送で、近衛公自決のニュースを偶然耳にしたというのである。文隆は、父が自決したのは早朝流れ星を目にしたあの時刻だったのではないかと思った。

*

それからほぼ十一年後の昭和三十一（一九五六）年十二月十一日、五十歳に近くなってめっきり白髪の増えた久松直輝は、着流しの和服姿で、いつものように朝食の食卓で朝刊を広げていた。

支那事変の始末もつかないうちに対米開戦した時点で、直輝は日本の惨敗を覚悟した。昭和十九年に、大佐になった井川が上海に立ち寄った際、いずれ関釜連絡船も米軍潜水艦に狙われるようになるだろうと聞いて、すぐに家族は内地に帰国させたが、直輝は上海で東亜同文書院教授として職務をこなし続けた。敗戦で書院は閉校となり、直輝は、昭和二十一年初頭に他の職員らとともに日本に引き揚げてきた。その後、東亜同文書院ばかりでなく、京城帝国大学や台北帝国大学など外地の大学から引き揚げてきた教職員と学生を集めて設立された愛知大学に漢文教授として奉職することができた。近衛公の葬儀の際にはまだ上海にいて参列できなかった。帰国後、いつか荻外荘に弔問に伺いたいと思いつつ、住居が豊橋と東京と離れていることもあり、近衛公も文隆もいなくなった近衛家には、すでに親しい顔見知りもなく、とくに、文隆が昭和十九年に結婚した正子夫人とは一面識もなく、なんとなく足が遠のいていた。それでも、シベリアに抑留された文隆の早期帰国のためには、引き揚げ援護運動を推進する学生有志団体と協力して、抑留者早期帰国運動と引き揚げ者援護運動に尽力を惜しまなかった。

《ボチさんが帰国できたら、きっと会いに行こう》

そう思い続けている間に、十年もの歳月が経ってしまった。

今年十月には鳩山一郎総理自ら病躯を押してモスクワに乗り込み、日ソ国交回復にこぎつけ、最後に残った抑留者も年末までには全員帰国できる見通しも立った。

《今まで何度も期待しては裏切られてきたが、今度こそ帰国できるだろう》

そう思って、再会を楽しみにしていた直輝だった。

直輝は、いつも新聞の一面をざっと眺めたあと、すぐに社会面を開く。たいがい真っ先に四コマ漫画に目をやるのだが、この日は中段に掲載された文隆の顔写真に目がくぎ付けになった。

直輝が知っている昭和十五年当時の文隆の顔よりもふっくらしている。結婚で夫人の手料理を食べるようになって太ったのだろう。この顔写真は夫人から提供されたのだろうから、結婚後の写真なのだろう。多少太ったところで、この愛嬌のある顔は見間違えようがない。

「近衛文隆氏病死す
イワノヴォ収容所　十月、帰国を目前に」

という大活字が目に飛び込んできた。

十日午後、在モスクワの新関参事官から外務省に入った報告によると、イワノヴォ収容所に抑留されていた近衛文隆氏（四一）は十月二十九日、急性じん臓炎で死亡したという。

近衛氏死亡の報は同参事官が去る九日、ソ連外務省の係官とともにモスクワ駅でイワノヴォから帰国のためにナホトカに移動する帰国者を見送った際帰国者の一人から聞いたもので、同氏の遺骨と遺品は収容所内の同僚が興安丸で持って帰ることになっているという。

直輝は、床がぐらりとゆれたような気がした。食卓に両手をついて体をささえて新聞を食い入るように眺める。記事の左下には「十一年も待ったのに　悲報に泣き崩れる正子夫人」という見出しとともに正子夫人の写真が掲載されていた。

「旦那様、どうなさいました？」

和服に割烹着（かっぽうぎ）姿の妻の花子が心配そうに尋ねた。戦後華族制度が廃止になり、伯爵家としての体面を保つ必要もなくなり、女中を雇うこともやめて、今は花子が家事を一人で切り盛りするようになっていた。母の菊子は五年前に亡くなっていた。来年大学受験の長男一郎も、来年大学卒業の長女絹子も、朝食の箸を動かすのをやめて、直輝の顔を心配そうにのぞき込んだ。

「ボチさんが死んだ」

妻のほうに新聞を押しやって声を絞り出すように言った。

「ボチさんて、ときどき父さんの話に出てくる、近衛元総理の長男のこと？」

一郎が口をはさんだ。

「うん、父さんより八つも若いのに、十月に死んでいたんだそうだ」

「ここに奥さんの正子さんの話として、『急性じん臓炎という病気は日本にいたら何でもなく治る病気、死ぬはずのない病気ということです。寒いソ連でろくな治療も受けられなかったのではないでしょうか』と出ているわ。あのスポーツマンの文隆さんが、そんな病気で簡単に死んでしまうなんて……」

「うん、シベリアに抑留されて引き揚げてきた人の話じゃ、病気になってもろくな治療も受けさせてもらえなかったのは確からしいが、あるいは単なる病死じゃないかもしれないね」

「病死じゃないってどういうこと?」

「父さんは引き揚げ援護活動に携わっているから、引き揚げ者の話を聞く機会も多い。ソ連では、共産主義の協力者を収容者の中に育成する工作をしてきたのは、お前たちも知っているだろう」

「ええ、引き揚げてきた抑留者たちが、赤旗を振り回して、駅頭でデモをしたりした騒動がずいぶん報道されましたものね」

「それで、引き揚げてきた軍医の話なんだけどね、ソ連側の勧誘に応じないと拷問にかけられたりするんだが、中に、病気になって急死する人がいたんだそうだ。その軍医が死にかけた病人を診察したところでは、じん臓炎としか診断できなかったそうだが、それが部隊の帰国間際になって三人ばかり立て続けにあってね。その患者たちは、三人とも、ソ連の軍医から、痔とか風邪とか、大したことのない病気の治療として何か注射を受けたあと、数日後にじん臓炎を発症して、間もなく重症化して急死したんだそうだ。その軍医は、ソ連にはじん臓炎を引き起こすような特殊な毒薬、と言うより、じん臓炎は細菌感染で引き起こされるから細菌兵器とでも呼んだほうがいいかもしれないが、そういう毒が開発されて使用されているのではないかと疑ったそうだよ」

「それじゃ、文隆さんもその毒で……」

「そうかもしれない。おそらくボチさんもソ連の協力者になるよう、この十一年の間、強要され続けたんだ。近衛家の跡継ぎ、文麿公亡きあとは近衛家の当主なんだから、拷問まではされなくとも、拷問紛(まが)いの脅迫もされただろう。それを拒否し続けたボチさんを帰国させるわけにはいかないと、ソ連側が考えたのかもしれない」

「まあ、おかわいそうに……」

「父さん、考えすぎなんじゃないの?」

「考えすぎとばかりは言えないさ。文隆君は近衛家当主だ。ソ連から見たら、総理大臣の有力候補だ。だからこそソ連側に抱き込もうと工作したんだろうが、それが裏目に出たら、ソ連側の秘密工作の実態を知る人物が日本の総理大臣になってしまうことになる。文隆君はアメリカに留学して英語も堪能だ。ゴルフは全米学生チャンピオンの腕前だ。そういう文隆君が総理大臣としてアメリカ大統領と通訳なしで会談するような事態になったらどうなる？　アメリカのジャーナリズムは、英語のできる快活なスポーツマンの日本首相を歓迎するだろう。その首相がソ連の秘密工作の実態を世界に向かって暴露するなんてことは、ソ連にとって絶対に避けなくてはいけないということになる」

一郎は小学生のときに終戦を迎えた。そのとき、一郎は生涯忘れることのできない強烈な体験をした。それまで軍国主義一辺倒の教育をして、小学生にもビンタを張っていたような学校教師が、終戦後一夜にして平和主義者で民主主義者になったのを目の当たりにしたのである。「鬼畜米英撃滅」を唱えて、少しでも「敵性」の本や音楽、およそ西洋風の文化や芸術すべてを目のかたきにし、誰彼かまわず「国賊」「非国民」呼ばわりして、いじめ・暴行をほしいままにしてきた大人たちが、終戦のとたんに占領軍に卑屈にしっぽを振って保身に走る姿は、軍国少年として仕込まれてきた一郎の心に、大人の権威に対する深い失望を刻み込んだ。直輝が共産ゲリラの残虐さのことなど語り聞かせても、大人の言うことを信じない気持ちに凝り固まっている一郎は、ソ連は社会主義の理想国家だと思い込んでいるのだった。

ちょっと口をとがらしたが、登校時刻間際でもあり、何も言わずに、急いで朝食をかきこんだ。

近衛公の秘書としてよりも、大学教授としての人生のほうが長くなった直輝だったが、近衛家には切っても切れない縁を感じていた。

《ボチさん、もう一度会いたかったよ。あれほど予言を気にし、なんとか運命から逃れようとした公爵だったが、結局人間は運命に抗（あらが）うことはできないものなのだろうか》

直輝は、三十年前の占いの老婆の予言を思い出して、暗然とした思いに沈んだのだった。

この物語は史実を交えたフィクションです。現在では不適切と思われる表現がありますが、時代背景に鑑みそのまま使用しています。

## 主要参考文献

『揚子江は今も流れている』犬養健、中央公論社
『支那事変の回想』今井武夫、みすず書房
『作戦日誌で綴る支那事変』井本熊男、芙蓉書房
『「諜報の神様」と呼ばれた男』岡部伸、ＰＨＰ研究所
『日本外交年表竝主要文書』上・下巻、外務省編、原書房
『木戸幸一日記』上・下、木戸幸一、東京大学出版会
『木戸幸一関係文書』木戸日記研究会編、東京大学出版会
『近衛公秘聞』木舎幾三郎、高野出版社
『東京裁判』上・下、児島襄、中央公論新社
『日中戦争』１～５　児島襄、文藝春秋
『天皇』Ⅰ～Ⅴ、児島襄、文藝春秋
『堕落論』坂口安吾、集英社
『服部卓四郎と辻政信　新版』高山信武、芙蓉書房出版
『ある情報将校の記録』塚本誠、中央公論社

『昭和天皇発言記録集成』全2巻
防衛庁防衛研究所戦史部監修、中尾裕次編、芙蓉書房出版
『夢顔さんによろしく』上・下、西木正明、文藝春秋
『西園寺公と政局』全8巻・別巻1、原田熊雄述、岩波書店
『上海時代』全3巻、松本重治、中央公論新社
『近衛時代』上・下、松本重治、中央公論社
『日中戦争とはなにか』三浦由太、熊谷印刷出版部
『事典　昭和戦前期の日本』百瀬孝、吉川弘文館
『近衛文麿』上・下、矢部貞治編、非売品
『実録　アジアの曙』山中峯太郎、文藝春秋新社
『山本有三全集　第十二巻』所収「濁流」山本有三、土屋文明・高橋健二編、新潮社
『二つの国にかける橋』吉田東祐、東京ライフ社
『プリンス近衛殺人事件』V・A・アルハンゲリスキー、瀧澤一郎訳、新潮社

**著者プロフィール**

**三浦 由太**（みうら ゆうた）

1955年岩手県水沢市生まれ
1982年山形大学医学部卒
1989年整形外科専門医
1993年医学博士
1994年開業

著書
『町医者が書いた哲学の本』（丸善プラネット、2009年）
『日中戦争とはなにか』（熊谷印刷出版部、2010年）
『黄塵の彼方』（文芸社、2014年）
『真白き木槿（むくげ）の花　決死の三十八度線越え』（文芸社、2014年）
『小太郎地獄遍路　慟哭の満州』（文芸社、2017年）

**巫術（ふじゅつ）**

2019年８月15日　初版第１刷発行

著　者　三浦 由太
発行者　瓜谷 綱延
発行所　株式会社文芸社
〒160-0022　東京都新宿区新宿１－10－１
電話　03-5369-3060（代表）
03-5369-2299（販売）

印刷所　株式会社フクイン


ISBN978-4-286-20933-3